住在鸟的旁边

项丽敏——著

黄山书社

图书在版编目（CIP）数据

住在鸟的旁边 / 项丽敏著 . -- 合肥：黄山书社，2024.5

（慢活书系）

ISBN 978-7-5737-0651-5

Ⅰ . ①住… Ⅱ . ①项… Ⅲ . ①散文集 - 中国 - 当代 Ⅳ . ① I267

中国国家版本馆 CIP 数据核字（2023）第 017369 号

住在鸟的旁边

ZHU ZAI NIAO DE PANGBIAN

项丽敏　著

出 品 人　葛永波
责任编辑　张月阳
装帧设计　有品堂 _ 刘　俊　张俊香
责任印制　李　磊
出版发行　黄山书社
地　　址　安徽省合肥市蜀山区翡翠路 1118 号出版传媒广场 7 层　邮编：230071
印　　刷　安徽新华印刷股份有限公司
版　　次　2024 年 6 月第 1 版
印　　次　2025 年 6 月第 3 次印刷
开　　本　880mm × 1230 mm　1/32
字　　数　177 千字
印　　张　9.625
书　　号　ISBN 978-7-5737-0651-5/02
定　　价　39.00 元

服务热线　0551-63533706

销售热线　0551-63533761

官方直营书店（https://hsss.tmall.com）

火炬之鸟

一　石

法国作家玛格丽特·尤瑟纳尔在《园中随笔》中说过一句话：有些鸟儿是一种火炬。

在丽敏的这本书里，我似乎见到了这种鸟，有着红色的羽毛，在树林间穿梭，时隐时现于山谷河畔，叫声里有种安静，有时又很嘹亮。

丽敏住在黄山北麓的浦溪河边，她像一棵树那样，把自己的枝条按压在四季枯荣的节奏里。当她从时间的河流当中寻一条岔道，走向鸟群，那些浦溪河上的鸟儿们——大嗓门的灰头麦鸡，白焰一样的鹭鸶，绿松石般的翠鸟，漆盒一样的黑卷尾，田泥色的斑鸠，仙鸟一样的红嘴蓝鹊——纷纷扇动翅膀，飞舞于她的眼前。

丽敏与这些有着好听名字的鸟儿相遇了。节气的铭刻，时间的剪影，双翅上隐秘的斑纹，在丽敏笔下化为妙趣横生的云霓。丽敏敞开心胸，凝视群鸟，如同凝视自己。

《住在鸟的旁边》是丽敏为自己生活其中的浦溪河

写下的书，又不完全是。这本书称得上“浦溪河鸟类图鉴”，从生命关怀视角展开，简明、深情而独特，一篇一篇读下来，让人有点恍惚，似乎丽敏就坐在鸟儿飞翔的羽翼上，手擎火种，在点燃什么。

一年四季，浦溪河或急或缓地流淌。生活如此艰难，肉身如此沉重，正是展翅飞翔在浦溪河上的精灵，带给河两岸的居民一种无言的轻盈。在一次次的偶遇或寻觅中，丽敏渐渐和那些藏在树梢、荒石、山脊、水流中间的鸟儿们，有意无意之间，建立了一种感应。

在《春分至，燕子归》一篇里，当村民看到拿着相机拍摄飞鸟的丽敏，问她，你是记者吗？

这种来自他人的疑问，在丽敏，就像是唤醒，丽敏写道：

我愿是这片土地的记者，我所采访的，有时是河流，有时是草木，而现在采访的，就是这些与我同居于此地的鸟禽们，在日常的漫步中观察它们，认识它们，不惊扰，不打搅，跟随自然的脚步，用文字记录下它们四季的声音和踪迹。

做一片土地的记者，这对于一名写作者来说，是一个多么大的野心，但这样的写作，对于丽敏来说，完全出自她的本能，是表达爱的最彻底的方式，让她获得了和生养自己的土地对话的权利。

《住在鸟的旁边》是丽敏对居所附近鸟儿们的专访。难能可贵的是，书中的段落里，朴实又耐人寻味的句子，俯拾皆是。我们常说所谓写作的技巧，其实就是真实细致地观察，按时间的脉络记录，用自己的思绪清晰地编织。《住在鸟的旁边》可做这样书写真情实意的范文。

以孩童的眼睛看待万物，这是《住在鸟的旁边》所有文字的灵魂。丽敏说：

多年以来，我始终怀着这样的愿望——无论岁月如何流逝，都保持对生命的好奇心，以孩童的眼睛去看待自然界的万物，在每一天的日出日落里感受时光的恩典。

对于大自然的观察，有多少种眼光，就有多少种自然。自然万物如同人照见自我的镜子，透过这面有无数复眼的镜子，一个人总能看到自身的幽暗之影和幻境之像。

在大自然里行走，远离生活，自成一种孤独之境。一个写作者所拥有的孤独是怎样的？丽敏说：

我对“独自”的需要甚于“人群”，对“安静”的需要甚于“热闹”。如果把生活比作一个房间，我希望这个房间有很多落地窗，每一扇窗都面向大自然。假如房间里人来人往，即使有窗户，也会被人的身影遮挡，除了一声高过一声的话语、争论，再也听不到别的声音。

认识鸟邻的过程，是我与大自然相处和交流的过程。

认识的鸟越多，越发觉得人类的欲望和盲目自大是一个囚笼。

正是走近自然，才更深广地看到人，看到人的欲望，看到生命的渺小，看到人身处在怎样一个幽闭的囚笼里横冲直撞。

翻动丽敏为浦溪河记录、书写的群鸟笔记，在树影叶隙中间曾经躲躲闪闪的暗影，逐渐拨开事物和眼睛的遮蔽，如工笔画、写意画一样呈现在我们面前。鸟儿们的生活和人类的生活有着很多参差多态的重叠，由群鸟翅膀牵引的意志，其实就埋藏在每个人的身体当中。鸟儿们从雏鸟的懵懂无知，到为爱情奋不顾身，然后随气候的冷暖南来北往长途跋涉地迁徙……浦溪河因为有这些飞翔精灵的存在，多了一份丰足、美好和神秘。

丽敏说：

我要向鸟邻学习，在需要时创造，在不需要时就放弃和告别。与其让自己成为拥有物的背负者，不如成为从远方而来两手空空的旅人。唯有自然是永恒的家园，在这个家园里，每一根树枝都可以成为脚下的支撑和立足点。

当一个人开始关注身边别的生命，视野就打开了，一成不变的生活也会变得有意思起来。

丽敏的观鸟抒怀，发出了类似梭罗一样的声音，产生了人类世界如何与自然相处的反思。也正是这样的反思，给了丽敏超越孤独的自由，给了她观察、写作与灵魂飞翔的能力。

阅读丽敏的作品，不难看见，在她的精神湖面上，梭罗的影子有其独特的倒影。梭罗是世界文明的财富，是工业时代人类思考自然与人的关系的一面镜子，照见生命在自然里的居所。而人知道自己的心灵在自然里有那么安稳的所在，生命就一定会感到自由，这份满怀爱与被爱的轻盈，也就把生命的意义印刻了下来。

写作者在时间之野的独自跋涉，其艰难程度难以言说。如丽敏，曾经像鸟一样孤独，直至跨越万水千山，获得如鸟一样自由飞翔的能力。

有些鸟儿是一种火炬。

自然是永恒的。在大自然的种种偶遇和相识中，生命相互震荡，相互点亮。祝愿这本书如火炬之光，照亮作者，也照亮它的读者们。祝愿丽敏的写作像火炬之鸟一样穿越时空，飞翔下去。

（一石，本名韩育生，作家，已出版《西北草木记》《大自然的时钟》等作品）

目录

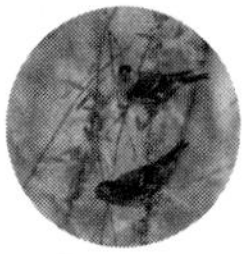

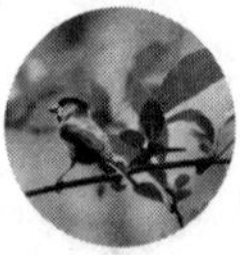

麦鸡归来

麦鸡归来了。

正月初三，我在马路上晨走，忽而听见鸟鸣，急促又尖锐，从十字畈村的田间传来，如同起床铃不停催促，一声声唤醒早春的田野。

太熟悉了，这声音，就像不用打照面，仅凭声音就能认出的老邻居。

这么早它们就归来了吗？记得往年要到三月份才听见它们的动静。

在路边站立，将手中的相机拉长焦距，对准田间搜寻，果然看见它们的身姿——七八只灰头麦鸡，在稻田上空，以战斗者的姿态盘旋、俯冲，嘴里发出的鸣叫像是挑衅，又像是宣告：“我们回来了，这是我们的地盘，让开让开……”

河边浅滩，灰头麦鸡的栖息地

久违了，老邻居，算起来有半年没听到你们的大嗓门了。

稻田里的稻茬枯黄，挂着去年残剩的谷粒。在灰头麦鸡归来之前，这里是斑鸠的觅食场，它们吃饱了就飞到高处的电线上歇着，或蹲在落尽叶子的树上晒太阳，饿了就飞下来，落入田间。

现在呢，灰头麦鸡归来了，斑鸠再也不能像进自家后院那般悠闲地出入稻田。灰头麦鸡实在霸道，看见斑鸠就冲过去，嘴里发出凌厉的驱逐令，作势要攻击它们。

从体形上看，灰头麦鸡显然强过斑鸠，再加上灰头麦鸡的先声夺人，好脾气的斑鸠只得不战而逃，放弃了稻田的觅食权。

不知道灰头麦鸡的实战能力怎么样，不过显然，它的嘴功杀伤力很强，如同周星驰喜剧中包租婆的狮吼功，一声即出，就能让对手心慌意乱，全无招架之力。

稻田里的斑鸠被赶走了，灰头麦鸡这才安静下来，在稻茬间站立，低头找食，时而抬起头左右环顾，发觉稍有不对劲，又神经质地尖叫起来。

灰头麦鸡的警惕性高，疑心病也重，这使它时刻处于不安的防备状态，仿佛周围全是敌人，需要随时报警。灰头麦鸡不仅替自己的同类报警，也替其他的鸟类报警。它的好管闲事，让我的田野观鸟变得困难重重——只要我出现在灰头麦鸡的视野里，它就大声尖叫，像是在喊：“有坏人，有坏人，快跑，快跑！”

别的鸟也就一哄而散了。

我不算是以貌取鸟的人，不过灰头麦鸡的模样，看着就让人心里犯怵，尤其它盯着人时那一副“我脾气不好别惹我”的神态——也许是它的红眼珠子（虹膜）让我有这样的印象吧。红眼珠子的鸟脾气似乎都有点大，是不省事的主，比如噪鹃，也是红眼珠子，看着不好惹，叫起来能一口气把天叫破。

作为候鸟，灰头麦鸡可谓皖南最早的报春使者，比燕子还要早一个月。草木枯荣，候鸟去来，这些身边的物候现象就是大自然的语言。今年灰头麦鸡比往年早回来半个多月，这也预示着，今年的春天将早于往年到来。

春天美好又短暂，稍纵即逝，你还在等什么呢?

灰头麦鸡，报春使者，最先到达皖南的候鸟

群鸟出动

当灰头麦鸡以辨识度极高的鸣叫宣告归来时，留在这里过冬的飞禽也开始活跃起来。

近几日，沿着河边的健步道走一圈，就能看见十几种鸟，叫得出名字的有黑领椋鸟、北红尾鸲、棕背伯劳、白头鹎、红嘴蓝鹊、乌鸫、珠颈斑鸠、丝光椋鸟、白鹡鸰，当然还有浦溪河的常住居民——白鹭、斑嘴鸭、青脚鹬、小䴙䴘和黑水鸡。

在我行走的时候，鸟儿们从身边纷纷飞起，我往前走一点，它们就往前飞一点，我继续走，它们继续往前飞，与我保持着不远不近的距离。这样一路走着，不免有种幻觉，仿佛这个世界只有我和这些飞禽，我们在早春轻寒的阳光里漫步同行，享受着远离人间喧嚣无所事事的时光。

群居的椋鸟，在尚未发青的树枝上等待日出

只要留意观察就会发现，鸟儿此时的鸣叫与飞翔并非无所事事，它们是在用这样的方式宣告各自的领地。

“这林子是我们的，你们不要过来。”

“这棵树是我的，谁也别和我抢。”

“这片园子是我的、是我的、是我的……”

甚至一根路灯杆，它们也要站在上面，用反复的鸣叫宣告主权。占据好地盘，鸟儿就可以在大好的春天求偶和营巢育雏了。

也有不服气的，免不了就有一场领地争夺战，有同类之间的战争，也有异族之间的战争，追逐冲撞，以翅相搏。

异族之间的战争不只为了争夺地盘，也有弱肉强食的捕猎行为。两天前，我就看见棕背伯劳追赶一只叫不出名字的小鸟。小鸟体形瘦小，鸣叫声也纤细微弱。好

浦溪河里，水禽开始了追逐的游戏

留下来过冬的斑嘴鸭，成为早春天空的风景

在它身姿灵活，眼看着棕背伯劳就要追上来，小鸟一个急转弯，迅速钻进路边一丛矮冬青里。

矮冬青是人工种植的，枝条细密，像一只结实的鸟笼，很好地护住了小鸟。棕背伯劳显然钻不进去，只好停下，狠狠地盯着小鸟，像是在说："哼，我就在这等着，你总要出来吧。"小鸟呢，在里面看着它的对手，一副"就不出来怎么着"的样子。

也许是我在旁边的缘故——棕背伯劳似乎看出我对小鸟有守护之心，感觉到这一番追捕已经落空，干耗着没什么必要，稍停片刻就飞走了。小鸟见敌人离开，钻出矮冬青，乌溜溜的眼珠子看了我一眼，左右看看，也飞走了。

以前我并不喜欢这些修剪整齐的矮灌木，觉得呆板，缺失自然的美感。但是现在，我的观念转变了：对于那些体格弱小、没有反抗能力的小鸟来说，这些枝繁叶茂的矮灌木，就是它们的庇护所啊。

在棕背伯劳追捕小鸟的这个场景里，我的内心情感是向着小鸟的，实在是因为它们两者的实力太过悬殊，若是势均力敌，我也会保持中间派的立场，作壁上观，而不做任何干涉——哪怕只是内心意念的干涉。

这几日飞禽的集体出现和骤然升温的天气有关。刚跨过春节这道门槛，气温"噌"的一下飙到二十度，一夜间，黄檫花开了，山樱花开了，玉兰花开了，柳树上爆出青春痘样的芽苞。过早到来的春天以奔跑的速度生长着，拱出地面，拱出枝丫，在太阳下发着光，其华灼灼。

玉兰花开，玉兰花落

这两天黄昏走在河边，眼前总飞舞着一团小蠓虫，人走到哪里，虫子就跟着飞到哪里，挥之不去。如此情景让人恍惚，仿佛从冬末一脚跨入初夏。而此时还在春节的氛围里，朋友见面说的第一句话还是“新年好”。

蝴蝶也已开始春天的芳菲之旅。今年最早看见蝴蝶是正月初五那天，在黄山脚下的山谷里。那是一对白色蛱蝶，像飘在空中的花瓣，静悄悄与我擦身而过，向着另一边寂然绽放的山樱花树飞去。

今天上班的途中，又看见两只蓝色闪蝶，从草地上飞起，引路似的飞在我前面，它们去往的方向有几棵红叶李树。两天前我从树下经过，树枝还静默着，今天再看，枝上花如喷泉。

河边的望春玉兰已经凋谢了，花瓣铺了一地，走过去，脚不知该往哪里落——不忍心踩在碎瓷片样的花瓣上。

春节后，每日晨昏，我都会来到这棵玉兰树下，看花，也看鸟。

八点到九点，是玉兰花树最为热闹的时候。春日朗朗，将花树整个揽在怀里，每朵花的内部都亮着一盏灯，通透，发着光。这棵玉兰算是河边最早开花的树了，引来附近的鸟儿赶集似的一拨一拨飞过来，吃花蕊里躲藏的虫子，也吃花蜜。

白头鹎贪吃的样子甚是可爱，低着小脑袋，像是在亲吻花朵，吻得过于热烈时花瓣就站立不稳，从枝头坠落下来。

丝光椋鸟总是成群地飞过，扑扇着小风车模样的翅膀，落在树枝上，叽喳不休，像街坊邻居聊天一样热闹。

当红嘴蓝鹊飞来时，就会有一场驱逐战。红嘴蓝鹊闷声不响，只绕树飞一圈，就将别的鸟全赶走了。这种看起来很有仙气的鸟，居然如此霸道。

红嘴蓝鹊是留鸟，活动区域比较固定，只在自己的领地里出没，很少出界。那棵望春玉兰刚好就在红嘴蓝鹊的领地里，怪不得红嘴蓝鹊站在花树上时眼神凌厉，有种“谁不服气就过来单挑”的劲儿。

也真有敢上去单挑的，嗖嗖嗖，从地面蹿到树上。

谁的胆子这么大？定睛一看，原来是松鼠。

这片林子时常能见到松鼠。对松鼠来说，望春玉兰也在它的领地之内。

红嘴蓝鹊站在玉兰花间，看起来也像一朵花

我以“这下有热闹瞧喽”的看客心态站在树下，等着松鼠和红嘴蓝鹊上演一出争地盘的好戏，等啊等，脖子仰得僵住了，那松鼠还是抱着树，腹部紧贴在树上，除了眼珠发亮，整个身子与树浑然一体，仿佛是树鼓出来的一个瘤。它是什么意思呢，莫非是采取伪装术，以静制动？

松鼠与红嘴蓝鹊一上一下，保持距离对峙着，也不知道过去了多久，红嘴蓝鹊忽然就丧失斗志，飞走了，落到近处的竹林里。再看那松鼠，还是紧贴树身，被施了定身术般一动不动。

作为看客的我甚觉无趣。红嘴蓝鹊，看你怪厉害的样子，原来也不过如此。

玉兰花开，玉兰花落——从初绽到满树凋谢不过一周，是持续的升温缩短了花期。季节被过于灼热的阳光熏昏了头，忙不迭把花朵一树一树端出，又忙不迭让花朵从枝头落下。

如此迅疾的春天，让人欢喜也让人莫名发慌，有种“来不及”的紧迫感，担心稍微懈怠就错过了什么。

真想拽住春天的衣角，想对那些花啊鸟啊树啊草啊说，不要着急，不要跑得那么快，生命的过程要慢慢体验，春天也是要慢慢生长的，在慢中安静发芽、开花与结果。

松鼠的腹部紧贴在树上，身子与树浑然一体

王维听到的那只鸟

清晨醒来，没有像往常那样听到珠颈斑鸠的叫声，我觉得不对劲，怎么回事，是我醒得早了吗？

打开手机，时间显示六点一刻，并不早，往常六点十分珠颈斑鸠就开始它们的晨唱了。而我也会在第一声"咕咕之歌"后，从梦境回到人间。

我说的往常是春节后的这段日子。此前珠颈斑鸠的晨唱可没这么早，大概要到八点——日光露出面孔后珠颈斑鸠才打开歌喉。

春天的第一声鸟鸣就来自珠颈斑鸠。那独属珠颈斑鸠的"咕咕之歌"始于立春前后。今年立春在腊月二十二日，早于春节九天，当报春鸟灰头麦鸡尚在迁徙途中，珠颈斑鸠已酝酿好情绪，蹲在高高的树枝或电线上，一遍一遍地唱着迎春曲。

没有珠颈斑鸠歌之咏之的清晨有种空荡荡的静谧，从窗帘透进来的光有些暗淡。闭上眼，继续躺着，蒙眬中听到零星的雨滴声，没过多久，珠颈斑鸠的晨唱开始了，我睡意顿消，再看手机上的时间，六点半。

雨声密集起来，隐隐传来雷声，像车轮在很远的地方滚了过去。车轮滚过的瞬间，斑鸠刚唱响的歌儿又静止了。

这是春节后第一个降雨日。

春雨润如酥，季节奔跑的脚步在雨声中缓慢下来。雨下一阵歇一阵。珠颈斑鸠按捺不住歌唱的欲望，趁着雨歇的片刻，再次扯开嗓门。有一只珠颈斑鸠落到我的窗台，殷勤地呼唤它的伙伴："咕咕咕，来这儿，咕咕咕，来这儿……"

看珠颈斑鸠那毫不见外的架势，很有可能是老房客——去年在这个窗台抱窝的那只。

乌鸫也加入晨唱的行列。"有人把乌鸫的歌曲描述为无所事事的快乐"——关于乌鸫的歌调，英国作家西蒙·巴恩斯曾有这样的转述。仔细听来还真是如此，尤其清晨听到的乌鸫之歌，真就像一个人做了个好梦，醒来后跟身边人喋喋不休地絮叨着，反复回味，怡然自得。

在这小区里，乌鸫和珠颈斑鸠是固定的居民，一年四季，抬头不见低头见。而别的鸟，比如白头鹎、暗绿绣眼鸟、北红尾鸲，只在特定的季节才能见到。

今晨就见到了白头鹎，当我站在阳台，准备推开窗，

珠颈斑鸠，别名野鸽子，与人为邻的常见留鸟

隔着玻璃，看见一米之外的红叶李树上，几只白头鹎正在享用早餐，从一朵花飞到另一朵花，啄几口，再飞，再啄，整个过程静悄悄的。

我在阳台上站了一会儿，等它们吃饱飞走，才去推开窗。

暗绿绣眼鸟和领雀嘴鹎也回到了小区，两天前看见它们在水渠边的柳树枝头穿来穿去，品尝着刚爆出来的鲜嫩柳芽。

即使是下雨天，也拦不住鸟儿们歌唱的热情。

今晨还听到强脚树莺的歌唱，听到歌声后，我从客厅走到阳台，顺着声音的方向看去，是一棵正在盛开的木兰树。

在众鸟的争鸣里，强脚树莺的歌声是辨识度极高的，只要留心听过一次，就不会与别的鸟鸣混淆。

春天走到山间，听到强脚树莺的鸣唱，便会想起王维的“鸟鸣山更幽”。王维听到的那只鸟很可能就是树莺，树莺的空灵唱腔就有这种魅力，让时空有了纵深感，衬托得山谷越发幽静。

说起来我还从未见过强脚树莺的真容，有时那树莺的歌唱就在头顶，却仍是看不见它。当它发现我，会停止歌声，随后又在另一棵树上唱起歌，而我完全不知道它是怎么飞过去的。

树莺太会隐藏自己了，只用歌声表达它在这个世界的存在，而这更增添了一份神秘感——莫非它是一股山间气流，透明而无形？

在居所里听到强脚树莺的春歌，这还是头一遭。我的心里沁出宁静又幸福的汁液：这就是我喜欢的生活啊，没有人世间的嘈杂，只被大自然的声音包围。

从春天开始，认识身边的飞鸟

连着下了两天雨。

对父亲种的庄稼来说，这场雨可算是知时节的好雨，之前晒得打蔫儿的蚕豆、豌豆和莴笋秧，一经春雨滋润，立马抖擞起精神。吸足了雨水的泥土油润松软，踩在上面，感觉自己也像春天的植物，就要抽出新的枝条和嫩芽。

下雨天的鸟鸣有些寂寥，走在路上也看不见鸟儿们的身影，不知它们躲到哪里去了。只有斑鸠和乌鸫偶尔飞出来觅食，隔着雨幕试探性地叫一声，过好一会儿，再叫一声，梦呓一样遥远。

雨天不能出门，我就坐下来，整理近期拍摄的图片，删除一些，保留一些。

保留下来的图片里有十几种鸟，多数是我的近邻和老相识，能叫得出名字。也有不认识的，就从书柜里抽出《鸟图鉴》，按图索骥地查找。

《鸟图鉴》是前年买的，算是我的识鸟入门书，而我对居所附近的鸟类观察也始于前年。

前年春末，因为一次偶然的遇见，激起了我对鸟类生活的好奇心。我找出搁置已久的相机，入手一只远摄变焦镜头，由此开始了对身边常见飞禽的观察与拍摄。

那次偶然遇见的是一对白腰文鸟，它们正在营巢期。当我接连三天在同一地点，目睹它们来回穿梭，为巢穴采集芭茅时忙碌又乐此不疲的过程，像是无意中窥见了一道秘密之门——在我自以为熟悉的居所附近，有多少飞禽和人类一样，也在努力经营着它们日常的生活。它们就居住在这儿，与人为邻，但人们对出没在身边的飞禽是否在意？又了解多少？

我想要跨进那道秘密之门，探个究竟。

在此之前，我的相机镜头更多聚焦于野外的草木昆虫，也拍过几次鸟，是停留在目光看见的拍摄，而非带着了解的愿望与平等的生命立场去感知的拍摄。

与白腰文鸟相遇之后，一个声音附在耳边说："是时候了，去吧，拿起你的相机，打开你的感官，去认识身边的鸟类族群。"

拍摄与求知的过程让熟悉的居住地又变得陌生起来——在这里还隐藏着另一个我不曾关注的世界，而我对这个世界的好奇与探究，使干涸的生命之流又有了新的水源，灵动且充满乐趣。我在这里的生活也变得丰富

高颜值的北红尾鸲雄鸟

营巢期的白腰文鸟

起来，仿佛并非独自一人，而是有众多互不干扰又彼此挂念的亲友。

想要认识身边的鸟类，仅有一本图鉴还不够，好在现在网络发达，可查询的渠道也多，我通常采用的方式是：先在图鉴上查到与拍摄图片接近的鸟类名称，再把名称输入浏览器，查询这种鸟的鸣叫视频，通过对声音的反复聆听来分辨确认。这种方法虽然笨拙，倒也十分可靠。

元宵节已过，鸟鸣花开，春天正式莅临。每一个春天的开始，意味着识鸟之旅的又一次启程。如果生命里还有很多个春天，我愿意一次次踏上这样的旅程，把自己当作它们的同类，去认识，去倾听。

趁着天晴，去看鸟邻

跨入三月的门槛，天晴了。看着阳光照进窗台，心情也跟着明朗起来。

我的心情容易受天气影响，尤其春季，久晴会让我焦急、发慌，久雨又让我打不起精神，若是连着下个十天半月的雨，就会郁郁不乐，似陷入看不见的泥沼。

我希望的春日天气是什么样子的？嗯，最好是白天天晴，晚上下一会儿雨，或者晴两天雨半天，又或者晴五天雨两天——就像上班族的节奏。可是老天爷哪能那么容易让我称心？老天爷会说："呔，你这狂妄又愚蠢的家伙，殊不知以人类的意志来决定天气，将会是一场大灾难。"

是的，今日世界之所以气候异常，极端天气频频发生，就是人类过于狂妄，丧失了对自然的尊崇所致啊。

这么一想，我就收敛起刚冒出来的妄念，不如趁着天晴，赶紧出去走走，去探望几日不见的鸟邻，聆听它们的晴日放歌。

刚出小区，我就听到灰头麦鸡的大嗓门。灰头麦鸡的嗓音实在算不上优美，甚至有些聒噪，不过好多天没听见，还是会惦念，仿佛刚来临的春天又离开了，直到再次听见心里才安稳下来。

灰头麦鸡的鸣叫是随着它的飞翔而持续的，只要是在飞着，就会叫个不停，若是有几只灰头麦鸡同时飞，空中就会布满它们急促、纵横的叫声。

此时的稻田上空就是这样，瞧那架势，大概是有入侵者来临，进入了灰头麦鸡的领地。走近看，果然，是一只花白毛色的村犬闯进田里，在奔跑撒野，引起灰头麦鸡的恐慌。

飞在空中的灰头麦鸡有四五只，村犬跑到哪里，灰头麦鸡就飞到哪里，作势俯冲下来，驱赶那故意捣乱的坏家伙。

如果我此刻走进田间，灰头麦鸡同样会在我头顶绕着圈儿飞，不停尖叫、俯冲，使出各种招数对付我，直到我灰溜溜地离开。

两年前，第一次遇到这样的场面时我还真被吓住了，不知道哪里招惹了它们。我一个人类，难道还会跟你们鸟类争地盘吗？后来总算明白，那田里有灰头麦鸡的窝，窝里有它们的蛋，或者有刚从蛋里孵化出来的雏鸟——

灰头麦鸡是担心我伤害它们的孩子呢。看它们面临危险绝不退却的劲儿，倒真有点让人佩服——敢跟人叫板的鸟还真不多。

走到一株李树下，我听到远东山雀“彼次次”的鸣叫声，抬头看，发现树上不仅有远东山雀，还有燕雀、暗绿绣眼鸟和北红尾鸲。除了远东山雀，另几种鸟都默不作声，只顾在花枝上东啄一口西啄一口，不知它们是在吃花，还是在吃新发出来的叶芽，或许是在吃花蕊里的虫子吧。

不同族群的鸟在同一棵花树上觅食，彼此相安无事，像是替人类实现了博爱与和平的梦想。

当然，如果此时出现一只猛禽，就会打破这暂时的和平。

走到浦溪河边的时候，我就看到了猛禽——黑鸢，本地人叫它老鹰，有三只，在河流和树林上空缓缓盘旋，飞过头顶时，地上就掠过一道阴影。当黑鸢要调转方向，尾羽会侧摆一下，优雅又巧妙，看来那就是黑鸢的方向盘了。

这一带有很多黑鸢，冬天的时候更多，是因为冬天的树叶落了，更容易让人看见吗？或是因为冬天山里食物少，它们飞到河边来捕猎水里的生物？

当黑鸢飞来时，树上的鸟雀就呼啦啦地集体逃离。惹不起躲得起，丛林社会里，弱小者的生存之道历来如此。

我在河边还看见了之前从未见过的一对鸟，静悄悄地停栖在同一棵树的两根枝丫上。这对鸟实在是安静，胆子也大，我一步一步靠近，举着相机对准它们，以为它们会像别的鸟一样，“呼”地飞开，但它们丝毫没有飞走的意思，保持着原来的姿态，偶尔摆动脑袋，黑眼珠子一会儿看看我，一会儿不看我。

拍好照离开时，我在心里对它们说：“谢谢你们的配合，不过还是希望你们能够警惕一点，可别糊涂胆大啊。”

河边看见之前从未见过的一对鸟，静悄悄地停栖在同一棵树的两根枝丫上

到了惊蛰，春天就坐稳了江山

惊蛰日，桃花开。

还是古时候的文人优雅，把草木花事叫作“着花”，王维有“寒梅著花未”，陆游有“来禽始著花”，仿佛那些花儿并非随意吐绽，而是经历了长时间酝酿和精心创作的过程，再选一个特定的节气，把花骨朵在枝头郑重发表出来。

当草木忙着绽放花朵时，小区里的鸟儿们也在忙着求偶。这时节看见的鸟邻大多是一对一对的——斑鸠一对一对、乌鸫一对一对、黑脸噪鹛一对一对、八哥一对一对，飞的时候一起飞，落的时候一起落，雄鸟捉到虫子也不急着吃，而是衔着飞到雌鸟身边，将美味的虫子作为订婚礼物献上。

也有还在求爱过程中的鸟，一只试探性地靠近另一

到了惊蛰，春天就坐稳了江山

求偶期的黑脸噪鹛

只，嘴里唱着情歌，小脑袋随着情歌的节奏一点一点，像是行礼，一副讨好卖乖的模样。这唱情歌的通常是雄鸟，当它进入了雌鸟的安全区域，被默许可以待在雌鸟身旁，便如同获得了某种特权，按捺不住兴奋，围着雌鸟直打转，情歌也唱得更欢了。几圈转下来，如果雌鸟还不飞走，且扬起尾巴，就意味着接受了雄鸟的求爱。

好事多磨，这时候往往也会有意想不到的事发生，比如：突然又飞过来另一只雄鸟，向这只以为求爱成功的对手扑过去，嘴里发出怒斥般的叫嚷："快走开，离远一点！"

"凭什么，就不走！"这只雄鸟也不示弱，将情歌转成战歌，于是两只雄鸟开始打斗起来，嘴喙相啄，肚腹相撞，脚爪互抓。两三个回合后，其中一只先弃战了，飞离而去，另一只也不紧追，抖了抖翅膀，见好就收。

胜利的雄鸟转头寻找雌鸟，却没有寻着——在两只雄鸟打成一团时，雌鸟早就躲开了，飞到另一棵树上，暗地里观战。

鸟儿争偶的战争更像是一种游戏，扑腾几下就散了，不会伤筋动骨，不像兽类，争偶之战不仅会导致流血，甚至会有性命之虞。

我妈养的猫就是这样，入春后，身上常有不明原因的伤口，耳朵扯得像破布，躺在那里没精打采，饭也懒得吃，对主人爱理不理。既然受了重创，总该认屃，乖乖待在家了吧，可它不，天一落黑又"活"过来，从门缝里溜出去，不多一会儿，就听到屋顶上的厮打声和时而低沉时而尖锐的吼叫声，把村庄的夜晚搅扰得不得安宁。

到了惊蛰，春天就坐稳了江山。出门遇见的鸟邻也将更多。不过皖南此时仍在倒春寒的天气里，忽冷忽热，阴晴不定，前一日还是艳阳天，转过一日又会下起雨雪。

惊蛰下的雪就是桃花雪。桃花雪，听起来浪漫，对开花的植物和迁徙途中的鸟禽，却是一场生死关隘般的考验。不是所有的花都有机会结成果子，不是所有的鸟都能越过冬天飞进春天。春天孕育生命，也删减生命，而删减的生命又将以另一种形式回归自然。

生与死就像飞禽的两只翅膀，只有两翼齐展，才能保持平衡御风而行，这就是又残酷又慈悲的自然之道吧。

为什么要认识鸟？

朋友推荐了一个辨识鸟的方法：用手机微信下载“识鸟家”的小程序，将图片输入，就能给出图中鸟儿的名称。

为了验证小程序的准确度，我把之前拍摄的鸟禽图片输进去，不出两秒钟就给出了正确答案。我心中大喜，有了这款小程序的加持，好比在识鸟之路上修通了一条高铁，畅通且快捷。

几天前拍摄的那对大胆的鸟叫斑鸫，这是小程序告诉我的，翻开《鸟图鉴》，查询斑鸫的习性，写着“生性活跃，不怯人”。原来这家伙的基因里就贴着“胆大”的标签，怪不得对我的靠近全不当回事。

斑鸫最明显的特征就是眼珠子上面的白眉，弯月形，长且醒目，又酷又炫。从图片里看我拍摄的斑鸫，收拢的翅膀为棕红色，两胁和胸羽上布满棕黑色斑点——这

斑鸫，生性活跃，不怯人

大概就是它叫斑鸫的原因。

以前，在我对身边的鸟类开始观察之前，所有的鸟只有一个名字，那就是“雀子”，所有的鸟鸣也只是鸟鸣，它们是没有曲目名称的，而我对鸟鸣的区分也很简单：“好听的”与“吵闹的”。

开始观察鸟类的这两年，除了观看、拍摄，就是聆听，我通过聆听去认识那只歌唱的鸟。当我走进野外，仅凭听觉就能分辨出现在身边的是哪几种鸟，并能在心里分别叫出它们的名字时，就有一匹名叫“快乐”的骏马扬鬃奔跑过来，蹄声嗒嗒。

为什么要认识鸟？为什么一定要花费工夫去知道它们的名字？

如果有人问我这样的问题，我会说，之所以想要去认识，是因为我对这事感兴趣，因为这件事吸引我。我不知道这兴趣究竟从什么时候开始，也许从我有听觉起就开始了。至今记得幼年生活过的偏僻村落，夜里醒来听到鸮鸣，那声音让我体验到生命最初的恐惧；也记得跟随身为乡村教师的母亲走过的崎岖山路，陪伴在侧的野鸟欢唱清亮如泉，溅起的水花一波一波涌入母亲和我的怀里。

我还想通过认识周围的鸟类，了解身处之地的自然环境。我认识的不只是鸟，更是认识与我同样居住在这片土地上的生灵。人类与鸟类的命运息息相关，如果它们的族群在减少，生存遭到威胁，便预示着人类在这片土地也将面临生存危机。

当我对身边的鸟类一无所知、视若无睹的时候，是不会在情感上与鸟类产生联系的，人的情感只会给予自己所关注的事物。我曾关注过生活了二十多年的太平湖，关注过湖滩低处的野草、花朵、露珠与昆虫，遇见时会蹲下来，用相机调成微距拍摄它们，再用文字记录下这样普通又具有神性的时刻。

当我关注什么的时候，什么就是存在的、重要的。

近两年我的关注点聚焦在居所附近的鸟类上，自然就会站在鸟类的立场，想要去保护它们，去维护它们在这片土地上的生存权。保护鸟类就是保护我们自己，而保护鸟类最需要做的就是保持河流的洁净、土地的肥沃和山林植被的繁茂。

当我写下“土地”这个词时，是有些心痛的，因为我们人类的贪婪，正在加速土地的消失。当良田里生长的不再是庄稼，而是混凝土的高楼，那些祖祖辈辈在这里繁衍的鸟类将何以为生?

而鸟类的命运，也正是我们——居住在这片土地之上的人类——的命运隐喻。

远东山雀，彼此彼此

一出门我就听到香樟树上的鸟鸣，“彼此彼此、彼此彼此”，不用看，准是远东山雀在树枝上练歌。

《彼此歌》是远东山雀的成名曲，当然它会唱的歌不止这一首，发现我就站在树下仰头看它的时候，远东山雀立马换了曲目，两音节变成三音节，有些不安的样子，在树枝上来回跳着，小眼珠子盯着我的举动。远东山雀的身边还有几位小伙伴，听到大哥变换曲目，赶紧隐身到树叶后面，如果我此时举起手中的相机，它们就会瞬间飞开。

我才不会举相机呢，既然远东山雀已经发现我，并且拉起了警报，那么我还是规矩一点，低头，双手下垂，一动不动，假装自己只是在树下发会儿呆。

见我表现得挺老实，一副“不过是路人甲”的样子，远东山雀放松了警惕，又改口唱起《彼此歌》，声调急切殷勤。这歌若翻译成人类的语言，大概就是“不下雨就是好天气啊，伙伴们快出来玩游戏……”

“彼彼此、彼彼此、彼此彼此彼彼此”，路对面一棵开花的红叶李树上，另一只远东山雀也唱起歌来，像是在回应同伴的召唤，又像被同伴的高歌激起了表演欲，控制不住也要一展歌喉：“对面的兄弟唱得不赖，怎么样，我们比试比试？”

与乌鸫、珠颈斑鸠一样，远东山雀也是小区的常住鸟民，因体形偏小，比一片香樟叶子大不了多少，又喜欢待在树上，不留意也就看不见。不过呢，如果你稍微留意一点，听到它们歌声的时候，抬头往树上瞅一眼，很容易就会发现它们。别看远东山雀个头小，胆子可不小，它敢于和人类对视，只要你表现出人畜无害的良善模样，即使走到它跟前，它也不会那么快地飞开。

远东山雀胆子大，好奇心也大。有一阵子，我住在乡下老家的房子里，就见识了这样一只胆大且好奇的远东山雀。

在见到这只远东山雀之前，我的耳朵先捕捉到奇异的动静，是清晨，还没有起床，就听见“科科科、科科科”的声音，三声一叩，很有节奏感。起初我以为有人敲门，想着谁这么早来，也不事先打个电话。

我嘴里问着：“谁啊？”也没人应，一会儿又听到“科科科、科科科”的声音，还是三声一叩，不急不躁。起床，

远东山雀，也叫大山雀，是小区的常住鸟民

开门，探头看，门外哪有人影，心里不禁打了个问号，明明是听到有人敲门啊。

过了一天，也是早晨，我又听到“科科科、科科科”的轻叩，怎么回事？莫非我有幻听症，可这声音如此清晰，仿佛某个人就站在门外，礼貌而有耐心地敲着门。

起床，再开门，门外还是没有人。

第三天，我提前起床，刚洗好脸，又听见如出一辙的轻叩，好吧，那么让我来看个究竟。我壮着胆子，走到堂前，顺着声音瞄去，哈，原来是一只黑脑壳白脸颊的小鸟，身子腾空在窗子外面，用喙啄着窗玻璃，啄一会儿，落在半米外的围墙上，歪着小脑袋看看，又飞起来，身子腾空，翅膀几乎抵着窗玻璃，再啄，那样子，像是要把窗子敲开，进屋子里来参观参观。

“小家伙捣什么鬼呢？”疑惑解开，我心里一下子就释然了。

那时我还不知道它的大名，我叫得出名字的鸟只有麻雀、燕子和老鹰。远东山雀发现屋子里有人，“呼啦”一下飞开。我以为它受了惊吓不会再来，可当天下午它又飞了过来，还是那样，飞到窗子跟前，用喙啄着窗玻璃，啄一会儿，落到围墙上，探头探脑地看看，再飞起来，再啄。

我就坐在堂前，它大概没有看见我，或者把我当成一件家具，依旧一遍一遍啄着窗。它在啄什么呢？窗玻璃上没有虫子，没有果子，是什么吸引着它？

后来，每次回乡下老家，都能见到那只远东山雀，它有时“科科科”地叩窗，要么在屋后老榆树上“彼此彼此”地叫着，要么围着屋子飞来飞去，飞得并不高，身体一起一落画着弧线，仿佛低空中有波浪涌动，而它正在冲浪。

书上说一只鸣禽最长能活十八年。说是这么说，能活到十八年的鸣禽毕竟少之又少，作为体格娇小的鸣禽，活在世上的每一天都需要提心吊胆，要知道它们身边随时会冒出天敌，稍不留神就会沦为猛禽的猎物，或成为狸猫蛇鼠的点心。

即使这样，也许正是因为这样，鸣禽才那么热衷歌唱吧。既然活在世上的每一天、每时每刻都充满危险，都有可能成为生命的最后一天，那么，在渴望歌唱的时候，在还能够歌唱的时候，就亮开嗓子，用歌声来迎接这样的每一天；如果能侥幸活到傍晚，看见日落，再以歌声赞美并感谢这一天。

我很久都没弄明白，老家的那只远东山雀为什么要以喙叩窗，几乎有些固执地不肯罢休。后来想，可能那扇窗对它来说就是一面镜子，在这面镜子里，它看见了它的同类，它对这个同类感到好奇，企图靠近和征服，却不知那不过是自己的影子——虚幻的镜像而已。

身体里就有一座微型的春天

三月的第二个周末，皖南仍在倒春寒的天气里。

春天犹如一匹牵出马厩的野马，万物生长的渴望是野马撒开的四蹄，而倒春寒就是套在这匹野马身上的缰绳。因这根缰绳的束缚与羁绊，野马那一日奔驰千里的速度才得以控制，缓慢下来。

我虽不喜欢倒春寒的湿冷，心里倒是安定了许多，相比春节后那段异常暖和的日子，这样走一步退三步，可以用“春寒料峭”来形容的温度才是我熟悉的。

此种天气，待在屋子里会感觉又回到了冬天，听不到鸟鸣，只有雨水敲打在雨棚上的声音。而在雨歇的片刻走出去，才发觉春天仍然不疾不徐地往一张画布上依次添加她的色彩：桃花静悄悄地开着，李花静悄悄地落着，杨柳已然吐出鹅黄花絮，油菜花也涨起金色的潮水。

当久违的阳光从云隙探出来的刹那，地上的那些野草——蒲公英、紫花地丁、繁缕、紫堇、地黄、婆婆纳，纷纷向天空举起花朵。

鸟儿们也从各自的角落出动，三五成群，觅食进餐。这时节的食物是新鲜而丰富的，低空有飞舞的蚊蚋，树枝上有新绽的花朵和叶芽，地上还有刚从洞穴里钻出来的虫蚁。

春天是一位殷勤的主人，不停地端出美味佳肴款待着鸟雀，喂养它们在繁衍期到来前急需补给的身体。

对于这些食物，鸟儿们也有各自偏爱的口味。暗绿绣眼鸟、领雀嘴鹎和燕雀喜欢红叶李的花朵；远东山雀喜欢柳树的叶芽；北红尾鸲喜欢啄食果木上的蚂蚁；白鹡鸰喜欢捕食飞在空中的蚊蚋；乌鸫在地上走来走去，用爪子轻拍地面，像是在问：醒了吗？在吗？感觉到泥土下的动静时，就跳起来，用嘴使劲儿挖下去，拖出一截黑乎乎的蚯蚓。

暗绿绣眼鸟并不常见，一年里只有两次机会能频繁看见它们的身影，一次是红叶李开花的时候，一次是红叶李果子成熟的时候。

暗绿绣眼鸟进食的模样真是绝妙，一会儿倒挂金钩，一会儿海底捞月，身姿轻盈柔软，仿佛是鸟界的瑜伽大师，就连进食的片刻也不忘练功。

暗绿绣眼鸟的羽色并不丰富，却很上镜，没办法，眼睛太好看了，尤其是环绕眼珠子那一圈白色的眼线，

红叶李花与暗绿绣眼鸟

没有细功夫，是绝对画不出来的。当然，人家这可不是画出来的，而是娘胎里自带的，天生丽质。

暗绿绣眼鸟的羽色就是春天的象征，只有春天的山野才有那样明媚的绿。也许暗绿绣眼鸟的身体里就有一座微型的春天，也许所有鸣禽身体里都有一座微型的春天，当它们吃下花朵、叶芽和果子，身体里的春天就苏醒过来，绿意盎然，生机勃勃。

春天的礼物

三月过半，蛙鸣初现。

昨晚在厨房里，洗好一个苹果，关掉水龙头，听到漂浮在低空的喧响。心里一动，推开窗，凝神细听，一股暖风将半里地外的蛙鸣清晰地送进耳朵。

春天真好，每天给人间送来新的礼物——新的草色、新的叶芽、新的乐音、新的香气，让穿着隐身衣的快递员骑着春风的车子，一趟一趟送它们去往该去的地方，送到需要它们的耳朵、眼睛、鼻子和心灵里。

“收到了，谢谢你的礼物。”

在窗前静立，听了好一会儿蛙鸣，想象此刻田野的景象，对着夜空轻轻道谢。

近两日天晴，收到的礼物也就格外多，好在春天的礼物都没有经过包装，不然光是拆包裹就够人忙活的。

也有一些礼物是没办法送到家的，比如这个时节的野菜，就得亲自去山谷里取回来。

前天去了老家的山谷，我和嫂子一道，两个人手里各提一只竹篮，没多久，竹篮里就装满了翠生生的马兰头、苦叶菜和野水芹。

春天的山谷也是殷勤的，从不会让人空手而归。

去往山谷的路上我们还收到了意外的礼物——密密匝匝的紫云英，花毯一样铺开在水杉林和道路两侧。阳光自天空泻下，树枝上的叶芽闪着金绿色的光芒，地上的每一朵花都在发着光，炫紫一片，空气里到处流淌着花朵的香气。

这些紫云英被春风的快递车送到山谷，安安静静、自顾自地开着花。作为春天的礼物，它们原本属于每个人。但并不是每个人都能领取到，只有在这个时候来到山谷，看见它们，感受到此刻的美好，才能成为幸运的礼物收件人。

那些来自山谷的礼物，没有收到的人也不必遗憾。春天的礼物无处不在，只需把心放空，把耳朵贴在春天的脉搏上，就能发现礼物的存放点，随时都能去领取。

近几日，在我接收的礼物里，仅是“第一次认清的鸟”就不下十种。在这里我得写下它们的名字，只有写下才能记住，才能在下一次看见时，在心里叫出它们的名字。

首先要写下的是领鸺鹠，俗称“小猫头鹰”的家伙。看见它时已是暮晚，地点在浦溪河边的树林子里，彼时我正跟踪一对恋爱的松鼠，不料却看见它端坐在高高的树枝上。它并不打算理会我，当我拿起相机对它连按两次快门，准备再靠近一点时，领鸺鹠迟疑片刻，起身飞走。

抱歉，初次见面，打扰你了。

也是在那片林子里，总算看见了银喉长尾山雀。银喉长尾山雀下颚有一撮黑色的羽毛，像是少年为了扮成熟故意留的短须。

早在看见银喉长尾山雀前我就听过此君的鸣叫，“嘶嘶——嘶嘶——”，低微的颤音，怯生生，叫两声，停很久再叫两声，不像鸟鸣，更像是秋虫寂寞的低吟，可那会儿还是二月，还没到惊蛰，怎么会有秋虫呢?

听到一种鸟鸣，却看不见这只鸟，最叫人心痒难耐。“不要急，顺其自然，会有看见的时候。”我劝导自己保持耐心，如果鸟儿的领地在这里，它就不会轻易离开，而我只需常来，总有看见的时候。

真正看见银喉长尾山雀，还是觉得它像昆虫，因为体形太小了，当银喉长尾山雀以极快的速度穿梭在枝头，很容易被当成蝴蝶，只不过蝴蝶的飞行没有它这般敏捷，迅如箭矢。

这片林子上空经常有鹰隼出没，还有之前看见的小猫头鹰和松鼠。作为体形幼小的鸟类，在这里生存是艰难的。这也是银喉长尾山雀在枝头那么敏捷的原因吧——危险无处不在，它必须时刻保持逃离的状态。

昨天上午我近距离看见了黑脸噪鹛，地点就在小区，有七八只，起劲地叫了好一会儿，接着又打起群架来，像电影里的街头青年，一番口舌的交锋后就扭在一起。

昨天似乎是“鸟打架”的日子，上班的路上，不过一刻钟，我就看到好几拨鸟儿打架，乌鸫和乌鸫打，黑领椋鸟和黑领椋鸟打，斑鸫和斑鸫打，从树上打到树下，空中互扑的时候直接坠地，很快又飞起来追打。有意思的是还会飞来几只观战的鸟，围着打架的两只，看着看着又冲上去，不知是拉架还是参战。

到处都有鸟打架，是否跟天气有关？大雨将至前的低气压会对鸟儿的行为有影响吗？这些我暂时还不知道，需要在以后的观察里求证。

黄雀、绿翅短脚鹎和黑尾蜡嘴雀也是近几日看见的鸟。对我来说，它们还是未曾打过交道的新朋友，我对它们的语言行为还很陌生，没关系，先记住它们的领地，待日后加深认识。

虽说三月过半，鸟儿们的春天也才刚刚开始，燕子还没回来呢，不用急，春天的礼物需要慢慢接收，慢慢打开。一切都是新鲜的，我只需把每一天当作新生之日，把每一条路当作探寻之路，保持“人生初见”的好奇与虔诚，去认识和聆听那些与人为邻的飞禽。

黄雀，也叫金雀，歌喉婉转，喜结群

黑脸噪鹛的低调歌

春分将至。这时节，即使下着细雨的天气，也封不住鸟儿们春天的歌喉了。

天色欲晓，半梦半醒间听见斑鸠乐队诵唱的晨之序曲，音波起伏，如熹微的晨光一样升起在远处的地平线。

大约十分钟后，序曲落下，四野静谧，世界仿佛重新遁入不觉晓的春眠。

安静了五分钟，麻雀家族在灌木丛中开始晨课："喳喳喳、喳喳喳……"几乎同时，乌鸫亮开嗓子，以乐队领唱者的姿态站在新芽初绽的香樟树上。

闭着眼睛听，从乌鸫那多变的曲调里感受此刻的自在愉悦，似乎能看见它在枝头顾盼生姿的样子。一刻钟后，远处斑鸠乐队的颂唱再次响起，此时已是六点半，小区里有了清洁工的扫地声，该起床了。

洗脸，烧水，泡茶，给自己煮简单的早餐，做好这一切，已近七点，这时屋外响起“低调低调、低调、低调”的鸣声。不用看，就知道是大嗓门的黑脸噪鹛，有三四只，一团儿嚷嚷着飞过来，停在阳台外最高的香樟树上，继续齐唱低调歌。

黑脸噪鹛的嗓音脆亮，声调又高，只要它们的歌儿噪起来，其他的鸟鸣就被压下去，听不到了，就连善鸣的乌鸫此刻也息了声，知趣地暂且谦让道："好吧，你们嗓门大，把场子让给你们还不行吗？"

在认识黑脸噪鹛之前那些年里，只要听到它的歌声，心里的某处就会被触动，那一迭连声的“低调低调”像是一种善意的提醒：“要低调啊，做自己喜欢的事，不要被虚荣的光环迷惑。”

这么一想，人就清醒了一些。

听了那么多年的低调歌，却一直不知道此君长什么样，也不知道它的名字，直到今年初春，开始关注鸣禽之后，我才留意起低调歌的演绎者，这回可一定要好好认识它。

入春第一次听它开嗓是二月里突然升温的那几日，在小区入口听到熟悉的声腔：“调、调调、调。”脆圆，亮堂，尾音打着滑，虽然只有一个音符，但仍能认出那就是劝人低调的主儿。我拿起相机，寻找它的位置，看见了，个头还真不小，应算中型鸟，黑脸颊，头顶灰色的羽毛微微支棱，像是戴了绒帽，翅膀灰褐色，腹部覆羽灰白，尾部覆羽微黄。

你好啊，低调君，总算见到庐山真面目了。

不等我按动快门，它就发现了我，呆立片刻后，掉头飞走。

隔了一天，在浦溪河的村庄边我又听到“调、调调、调”的声音，循着声音的方向，绕了一大圈，再次见到低调君。在杂木林里，有三四只，纠缠在一起，很快又两两分开，看那亲密的样子，已然开始了恋爱之事。这才二月啊，这么早就……好吧，祝你们早成佳偶。

这次它们没有顾上回避我，给了我偷拍的机会。回到家，将相机里的照片输入电脑，照着图鉴比对查找，颇费了一番工夫之后，查到了低调君真实的身份：黑脸噪鹛，属于留鸟，“性活跃，活动时常喋喋不休地鸣叫，显得甚为嘈杂”。

之后就开始了半个月的低温降雨，季节返回到冬天，黑脸噪鹛也随即息音闭关，路上再也看不见它们，只有乌鸫、远东山雀和珠颈斑鸠照常出没，在雨停的间隙出来觅食，用鸣叫抵抗早春的寒意。

天一转晴，黑脸噪鹛的大嗓门又出现了，仍然只有一个音符，穿云破雾，等不及练好曲子，就开始赞美起久违的阳光来。

植树节过后，黑脸噪鹛的低调歌总算练得纯熟了，走到哪里都能听见回荡在空中的“低调低调、低调低调”。热烈的歌声来处，必然有它们更为热烈的春日恋情，当然也免不了争偶环节的力量比拼和扑打追逐，而这正是春天的生机所在。

“低调低调，做自己喜欢的事，不浮夸，莫炫耀。”话说如此高调地劝人低调，也只有黑脸噪鹛了。

春分至，燕子归

傍晚见到燕子，是在浦溪河边的枫杨林。

此时的枫杨林新绿初绽，在树下隔着枝叶，看见暗褐色的鸟影，起初并没意识到是燕子，当它们飞过去又飞回来，平展的翅膀和剪形的尾翼掠过头顶，一个声音在耳畔说："是燕子啊，燕子回来了。"

这大概是最早返回的燕子，在春分的前一天抵达村庄。

乡下我家老屋里有一只燕巢，筑在堂前屋梁正中。每年春分后的第七天，燕子会如期而至，穿过大门飞进来，绕着堂前飞上两圈，啾啾啾地叫着，告知我的父母，它们回来了。

大门上有个天窗，燕子回来后，父亲就把天窗打开，日里夜里都开着，那是燕子专用的"门"，方便它们随时进出。

有时候，村里的燕子都回来了，而我家的燕子迟迟未归，父母就会犯嘀咕，怎么回事，是路上出什么事耽搁了吗？母亲干脆坐在大门口等着，直到看见一对燕子一前一后飞进来才放下心，打电话给我：“告诉你啊，家里的老燕子回来了。”

燕子回来了，春天也就暖和起来了。

在这片枫杨林里，昨天我又见到了银喉长尾山雀的族群，有三十多只。它们从各自的枝头飞起，聚拢，飞向林子上空，就像幼儿园的孩子听到放学铃声，飞奔向门口。

认识了一种鸟之后，就会经常看见它，会发现原来它一直就在你生活的周围，这是很有意思的事。而在此之前，那么多年的时光里，你完全不知道身边有这种生物的存在，即使它就在头顶飞着，在身边鸣唱，你仍旧浑然不觉。

昨天我还明白了一件事，为什么要称这种山雀为“银喉”，是因为它的鸣叫里有一种碎银的质感，像少数民族的女性在节日里佩戴的头饰碰撞摇晃时发出的那种音色与光芒。而此前，我以为这名字与它喉部的羽色有关，可它喉部一撮羽毛分明是灰黑色的，心里不免存疑：是我认错了吗，或许它并不是银喉长尾山雀？

辨别一种鸟，弄清它的名字，真不是一件容易的事，需要长时间的观察和反复查证，即使这样，还是不能避

燕子回来，春天也就暖和起来了

免张冠李戴的情况发生。

好奇，发现，求知，谦逊，存疑。在大自然的这所学堂里，一个人得永远保持学子的心态，生有涯而学无尽，乐趣尽在其中。

看见银喉长尾山雀的同时，我又看见一对松鼠。每次在这里都能见着松鼠，它们在高高的、纵横毗连的枝丫上跳跃自如，像武侠小说中那些动辄飞檐走壁的大侠一样，一身轻功了得。

这片枫杨林就是松鼠的家，也是银喉长尾山雀的家，还是更多我尚未认识的小动物们的家。这些年城镇不断向周边延伸，原来的村庄也已成为城镇的一部分。在这个过程里，如果我们多保留一片树林，多种一些花草，就是为原先生活在这里的鸟兽们留下了生存空间，也是为身居其间的我们，在自然中畅快地呼吸留下了空间。

仰头观看松鼠的时候，一位村民走到我身边："看什么呢？经常见你背着相机过来，你是记者吗？"

"算是吧。"我点头笑答。

我愿是这片土地的记者，我所采访的，有时是河流，有时是草木，而现在采访的，就是这些与我同居于此地的鸟禽们，在日常的漫步中观察它们，认识它们，不惊扰，不打搅，跟随自然的脚步，用文字记录下它们四季的声音和踪迹。

与鸟同在

春分前一周的夜晚，总有候鸟的鸣叫闯入梦境，待我醒来，那鸣叫声又从梦境上空掠过，远去了。从音色判断，应该是雁形目的鸟类。

晚秋的夜晚也会听到同样的鸣叫，比春夜听见的更为壮观。我居所上空的领域，想必是这些雁鸟固定的迁徙路线吧，是它们秋去春来的必经之地。

过了春分，雁鸟夜行军的鸣声就消失了，不知道是我睡得太沉没有听见，还是它们已然全员过境。

这些雁鸟究竟从哪里来，要去往哪里？这一路它们经过了多少地方，飞了多少个日夜？这些都是我不知道的。我感到秘不可宣的愉悦，因为它们在迁徙的途中穿越了我的梦境，它们经过这里的时候叫醒了我，用这种方式跟我打过招呼，就像未曾谋面的文友途经这里时发来的短信：你好，刚路过你生活的小镇，问候一声。

春分后天气转晴，红叶李的花落了，叶子长大，逆光看去，像另一种红艳艳的花朵。溪畔柳绦鹅黄，风一吹，全朝一个方向飞舞。这时候很难在柳树上看见鸟，只能听见它们动人的小情歌——茂密起来的枝叶遮挡了它们。

黄腹山雀已经在忙着营巢的事，找一个树洞，衔来柔软的苔藓、树叶和草茎，填进去，再找来纤细的兽毛或丝线，垫成舒服的产床。两天前我就看见一只黄腹山雀，嘴里衔着一截白色的丝线，仿佛它刚刚拜访过一位热心肠的绣娘，而丝线就是绣娘送给它的礼物。

黄腹山雀，鸣禽，活跃于树冠间

领雀嘴鹎也在营巢，在海棠树上饱食一番花朵后，顺便折一截干枯的细枝，作为巢材衔在嘴里，左顾右盼，那神气分明在向它的爱侣炫耀：瞧瞧，我多能干！

领雀嘴鹎的食谱里排列着一系列的花朵和果子，是典型的花果爱好者。因了这个缘故，我阳台外的那几棵红叶李树也就成了领雀嘴鹎的餐厅，开花的时候飞过来吃花，果子熟了飞过来吃果子，来的次数多了，对我这个“人邻”也不见外，没有丝毫惧怕的意思，大大方方地享用眼前的美味，吃饱了，就地唱一会儿曲子，像是对红叶李树热情招待的赞美。

几天前，有位朋友说起他的母亲——八十多岁的老人，平日里并不喜欢吃水果，近来家里的果盘却常备着水果。有天他回家，看见几只鸟雀落在阳台上，围着一个切开的苹果欢快地啄食——原来如此，那些水果是老人家用来招待鸟雀的。

朋友拍了一段鸟雀啄食水果的视频，点开看，橄榄绿色的身体，头部像是蒙了黑色的头套，黄色的喙不停地啄向苹果，大口吞咽，这不正是花果爱好者领雀嘴鹎嘛。

那位朋友的父亲半年前去世了。相伴一世的人突然离开，留下来的老伴，即使有儿女常来照顾，心里还是会有一个孤寂的角落和塌陷的空洞吧。不知道鸟雀的到访与鸣唱，能否像阳光那样照进来，驱散角落的阴暗，将空洞填补。

近几日我也有鸟邻日日相伴，是只珠颈斑鸠。它去年就曾在我卧室窗台上筑过巢，育过雏，算是老房客了。半个多月前，老房客频频光顾窗台，一副“游子思故居”的架势。为了欢迎老房客回归，我爬上窗台，像去年那样，用硬纸壳为珠颈斑鸠搭了一处“宅基地”。珠颈斑鸠太聪明了，立刻就明白了我的意思。我刚下窗台，它就落到硬纸壳上，一个劲儿地“咕咕咕、咕咕咕”，分明是在告知它的同类：“这里是我的地盘，除了我的伴侣，谁也别过来。”

领雀嘴鹎，典型的花果爱好者

几天后，这只珠颈斑鸠就领回了它的伴侣，一趟趟地衔来树枝，搁在窗台的硬纸壳上，围成盘状的巢。

每日听着鸟邻近在耳旁的歌唱，心里像是流淌着一条安宁又清澈的溪流。我不知道还有什么生活是比这更好的：与鸟同在，彼此信任，没有多余的索取与欲望，只是日复一日地倾听、欣赏，在四季的轮回中迎送生命的枯荣。

霜冻之晨

霜冻之晨，空气冷飕飕，鸟儿们的啼鸣也推迟了。

七点钟，阳光照到阳台，还是没有听见小区常驻鸟邻——乌鸫和珠颈斑鸠的动静。拿了相机，换鞋出门，走到小区门口，我听到远东山雀呼朋唤友的声音："彼此此、彼此此……"

好孩子，愿你的呼唤有回响，早日得佳偶。

自从开始关注居所周围的鸟类，我的听觉也敏感起来，耳朵里似有一只鸟鸣感应器，无论身在何处，只要听到鸟鸣，感应器就会自动工作，辨别它的来处，从鸣声里认出那只鸟儿，将它的模样存进记忆库。

记忆库也是需要更新升级的，尤其是群鸟出动的日子。我的每一次出行，每时每刻，都变成听声识鸟的训练，感应器在空中勘探、辨识，将获取的信息收入记忆库，再次听见，就能凭借声音分析出鸟儿的名称和模样了。

“这是黑领椋鸟，声音像旋转的琉璃铃铛，这伙计音量高，又喜欢站在高处，表演欲很强。”

“这是棕背伯劳，嗓音多变，和乌鸫一样是爱学舌的家伙。”

“这是北红尾鸲，叫起来像一迭连声的问候：你好你好你好。”

“这是黑尾蜡嘴雀，拖腔带调，抑扬顿挫，鸟类中的电台播音员。”

也有拿不准的时候，鸟儿的鸣叫变化多端，并不总是一个腔调，这时就要从鸟的音色里去分辨。万变不离其宗，调子可变，音色是变不了的，乌鸫有乌鸫的音色，伯劳有伯劳的音色，只需记住它们各自音色的特征，就不难认出那唱曲的主儿。

也会遇见从没听过的鸟鸣，连音色也是陌生的。这就意味着此地来了新的鸟邻，每当此时我心里都是一阵兴奋：好啊，看来我的鸟鸣记忆库又要升级了。

鸟鸣就是鸟的名片，人也是，一个人发出的声音，说出的话语，也是一张名片，如同第二张面孔。听一个人的声音，听他用这声音说上一段话，大致能听出此人的成长之地、性情与修养，甚至能从音质中听出这个人的体格来。

今早听到两次竹鸡的叫声，一次是竹鸡本尊的鸣叫，一次是棕背伯劳的模仿。

竹鸡可以一口气叫上十声“地主婆”。

“地地地地地主婆、地主婆、地主婆、地主婆、地主婆……”前五声激烈急促，像是叱骂，到第六声就缓慢下来，叫到第八声就变成了“地——主——婆”，一种劝慰的柔和声调，到最后一声简直像是哀求。

真有意思，原本气势汹汹，末了却自个儿气馁了。

在老电影里，地主婆的角色等同于坏蛋。小时候与伙伴闹翻脸，也会像竹鸡这样，以“地主婆”互怼，“你是地主婆、地主婆、地主婆……”谁能在声势上压倒对方谁就赢了。

竹鸡的叫声常闻，模样却难得一见，因其善于隐蔽，常待在竹林低处和灌木丛中，只把声音肆无忌惮地放出来。

今早依旧没有见到那只鸣叫中的竹鸡，它藏在马路中间的绿化带里。往来车辆不断，成为竹鸡战歌的背景。

棕背伯劳模仿竹鸡“地主婆”的鸣叫只有一声，前缀和后续是其他调子。在棕背伯劳演绎的曲调里，一声“地主婆”尤其婉转，可媲美竹鸡本尊的鸣叫，又有着完全不同的风格。

今早还看到了斑嘴鸭族群，有三十多只漫游在浦溪河上。不知道这些斑嘴鸭是刚刚迁徙到此，还是去年留在这里过冬的。这两年本地政府注重河流的生态保护，斑嘴鸭和白鹭的数量明显增多，就连冬天也常见它们从头顶飞过，甚至有白鹭从河边飞进小区，落在窗外的树上，像一朵玉兰花在树端静立，片刻又飞走。

走到河边时，地上的白霜已化成露珠，不计其数的露珠在春日下闪烁，发着光。那是另一种鸟鸣，清亮，莹润，将泥土里的种子唤醒，绿莹莹地托出地面。

斑嘴鸭族群，漫游在浦溪河

领鸺鹠的枫杨林

再次看见领鸺鹠，还是在浦溪河的枫杨林里。

皖南河流边常见高大的枫杨树成片生长，如同聚族而居的部落。晚秋初冬，枫杨叶子落尽，枝干裸露，尽显遒劲苍凉的风骨。到了阳春三月天，枫杨又吐绽新叶，鹅黄花穗流苏般一缕一缕地垂下，垂到河里，将河水染成簇新的绿缎子。

领鸺鹠蹲守的那片枫杨林在河边，也在村庄边。村庄紧邻河流，居民的房屋沿河而筑，门前屋后皆是枫杨。

原本普通的村庄房舍，因为这片枫杨林而显出清幽宁静的神韵。枫杨树就像村庄里的老神仙，庇护着河流，也庇护着村庄里世世代代的居民们。

村庄里的居民也包括那些长着翅膀的鸟儿。这片林子里究竟住了多少鸟儿，除了枫杨树，恐怕没有人知道。

领鸺鹠，体形最小的猫头鹰

那只领鸺鹠或许是知道的。它看起来像是这片林子的首领，至少它具有首领的气质，蹲在林子最高的树冠上，孤独，沉默，威严。

领鸺鹠当然不是素食者，它的食谱里有昆虫、鼠类、小鸟和其他小动物。为什么那些小鸟，比如银喉长尾山雀，并不因领鸺鹠的存在避而远之呢？

很简单，因为任何一片林子都有食物，也有掠食者，即使离开领鸺鹠的领地，去往别处，仍旧免不了成为猎物的可能。

第二次见面，领鸺鹠不再像第一次那样充满警惕，与我对视一眼之后，并未转身飞走。

“你好啊，领鸺鹠，我们又见面啦。”我用友邻重逢的仪式向它打招呼，举起相机，按动快门。它似乎感受到我的意思，立马做出反馈——尾部甩出一串粪便，傲然转过头去，再也不看我。

鸟的粪便就是鸟的武器，它对我手里的相机还是充满敌意。好吧，这是最后一次，以后再也不会将相机对着你了。

就在我放下相机的时候，出现了一幕戏剧性的场景：飞来两只松鸦，应该是一对，落在领鸺鹠蹲踞的树冠上，一左一右，对着它大叫，颇有挑衅的意味。

什么意思？松鸦夫妇是想将领鸺鹠赶出这片林子，取代领鸺鹠成为林子的首领吗？

松鸦是中型鸟，体形不逊于领鸺鹠，食谱和领鸺鹠相似，吃昆虫、鸟卵和雏鸟。食谱的趋同使它们必然成为领地的竞争者。

我以等着看好戏的心态躲到一棵大树背后，谁知松鸦夫妇嚷嚷了一阵子，见领鸺鹠端然不动，懒得搭理它们，顿觉无趣，丧失了继续战斗的耐心，其中一只飞开，另一只随后跟上，在远离领鸺鹠的树上叫了一会儿，飞走了。

松鸦的音色干哑、毛糙，实在算不上悦耳。不过当它不再挑衅对手，而是呼唤伴侣时，也有很多温柔的小调子，像是撒娇的猫，那左顾右盼、低声下气的模样，还是蛮可爱的。

在那片枫杨林的附近，一户人家门口的草坪上，我居然见到了戴胜。虽然是首次见面，但我一眼就认出了它——高高的羽冠，尖长的喙，黑白相间的斑状翅膀，非戴胜莫属。

戴胜正在草地上用餐，与它一起在附近用餐的还有几只斑鸫。我远远站着，想靠近又不敢靠近，担心惊扰了此刻安详的“野餐派对”场景。但我哪里能忍得住，毕竟是第一次见到戴胜，还是小心地、尽量不弄出动静地往前移，然后举起相机。

就在按动快门时，戴胜发现了我，迅速飞起，而我也迅速捕捉到了珍贵的瞬间——戴胜飞起来的瞬间。

抱歉惊扰了你，只此一次，下不为例。

这段时间的观鸟，我发现了一个定律：当你初次见到一种鸟，很快你就会在同一个地方再次见到它。

戴胜，头具狭形羽所成的羽冠，嘴细长而下弯

今天傍晚，经过枫杨林时，就与戴胜再次碰面，还是那户人家门口的草地，甚至是同一个位置，而我看见它时，完全是冷不防。戴胜也是同样的冷不防，彼此互相惊动，我退后一步，它飞离而去。

抱歉，又一次惊扰了你，不过这次不是有意的，你看，我都没有举相机，我真的只是碰巧路过这里。

以孩童的眼睛看待万物

这两天是香樟树换装的日子。

傍晚走在街道边的香樟树下，刚好起风，瞬间落叶纷飞，仿佛树上有个人，将香樟树的旧叶子大把大把抛下来。

不知从哪里冲出一个小姑娘，手里拿着袋子，跑到树下，将袋子撑开，仰面望着正在抛撒落叶的香樟树——她要用袋子接住那些叶子。

那么多的叶子，满世界地飞，偏偏不肯往袋子里去，小姑娘两手提着袋子，鸟儿一样跟着落叶跑，跑过来跑过去，还是没有接住。

小姑娘站定，想了想，蹲下来，开始捡地上的落叶，把落叶装进她的袋子里，装了两把又停下——她要的不是地上的落叶，而是那些长了翅膀在空中飞舞的叶子。

用袋子接树叶的小女孩

这时候又刮起一阵大风，树上的叶子又齐刷刷地落下，不，是飞下。小姑娘赶紧起身，提着袋子去接。

我站在一边，静静地看着小姑娘，多希望世界在她眼里永远如此有趣、神奇，在每一阵风里听见音乐，把每一片落叶都看成舞动的生命。

多年以来，我始终怀着这样的愿望——无论岁月如何流逝，都保持对生命的好奇心，以孩童的眼睛去看待自然界的万物，在每一天的日出日落里感受时光的恩典。

今晨又一次遇见戴胜。当我提着相机从枫杨林里走出，准备去单位上班时，一对鸟儿飞过，落在路边的竹枝上。即使一掠而过，那有别于其他飞鸟的姿态，高高的羽冠和细长的喙，还是让我一眼就认了出来：嘿，又是你，早安啊戴胜君。

这次的相遇不再像前两次那么慌张，戴胜站在竹枝上，摆出好看的造型，等着我打开相机，拍下它。好吧，这次可是你主动落在我面前的，那么我的拍摄就不算是冒犯了。

在我按了两下快门后，戴胜优雅起身，离开竹枝，和它的伴侣一道飞走，整个过程没有出声，没有紧张和慌乱。

今早看见的鸟都是成双结对。

有一对松鸦，不知道是不是昨天跟领鸺鹠叫板的那对，落在枫杨林的告示牌上，面对面，以喙相触，聊天

求偶期的松鸦，雌鸟与雄鸟羽色相同

似的说了一会儿情话，其中一只腹部突兀，圆鼓鼓地低垂，看样子就要抱窝孵蛋了。

这个时期的松鸦有着鲜亮的羽色，甚是惊艳。不只松鸦，这个时期的鸟儿都把漂亮的羽衣穿出来了，像热恋期的情侣，每天把自己打扮得美美的。

松鸦落足的告示牌上写着“严禁挖笋，违者罚款”。这片枫杨林里也长着一些毛竹，此时正是春笋出土拔节的时候，走在竹林里，不小心就被笋尖绊倒。松鸦夫妇在告示牌上停立良久，那模样，仿佛它们是这片竹林的守护者，正值着班呢。

松鸦也是有羽冠的，当它的目光与我的目光相对，羽冠就竖立起来，脑袋也变大，萌态十足。毛刺刺、圆乎乎的脑袋歪过来侧过去，一脸好奇地看看我，像是在看一个怪物：这里有个人，怎么回事，她怎么一动不动？被松鸦这样看着，我也觉得自己有些滑稽，仿佛身体哪个部位不对头似的。

与领鸺鹠的对视就是另一种感觉了。

今早在老地方，毫无意外地又见到了枫杨林的首领——那只孤独的领鸺鹠。几次相见之后，它已经把我当作无害之人，不再抱有敌意，默然地投来目光，俯视着我。在与它对视的刹那，分明觉得，它冷静的目光里有一道电流，瞬间击中了我的灵魂。

松鸦与松鼠

三月的最后一个周末，春蝉始鸣。油菜花将村庄举向高处，灼热的阳光从天空浇灌下来，万物都在发光。

父亲告诉我，家里的那对燕子一周前回来了，上午十点进门，在堂前飞了两圈又飞走，之后就不见了，不知道去了哪里。

母亲一个劲儿地嘀咕，怪父亲不该在屋梁挂太多杂物，燕子嫌这屋子乱糟糟，换到别人家重新筑巢了。父亲说不会的，燕子恋旧巢，肯定会回来。果然，第三天上午，那对燕子又回到屋里，嘴里衔着新泥，开始一年一度修补旧巢的工作。

自从这对燕子几年前在我家落户，春分后能否如期返回，就成了父母最惦记的事。当它们重新出现，像两道弧光飞进飞出，将活泼泼的生命气息带进屋子，我们家的春天才算真正到来。

春分后的每个早晨，我都带着相机去往浦溪河的枫杨林，在林子里来回地走，与林中的老邻居重逢，与新邻居相见，聆听邻居里的歌唱家在这个时节展示的音乐才华，观看随时上演的林中春天故事。

近两日林子里最活跃的鸟当数松鸦，还没进林子我就听见它独特的烟熏嗓发出的单音节：“啊、啊、啊！”很快，两三只松鸦从林子里飞出来，接着又飞出两三只，再飞出两三只，一路追逐向着林子的另一边飞去，边飞边叫，扑打闹腾，一对对在树顶落下足后，才安静下来。

枫杨树上的松鸦

松鸦不止一种嗓音，除了烟熏嗓，它还会发出类似美声唱法的嗓音，高亢，圆润，叫一声，停顿片刻，再叫一声，音调颇高，带着幽怨之意，听上去像是失恋者的悲叹——当然这只是我作为人的感受。在松鸦的语言里，这样的鸣声很可能是高调的求偶歌，或者是向林中其他居民宣布领地的口号。

这林子里的居民除了鸟类、昆虫，最多的就是松鼠了。

如果说那只孤独的领鸺鹠是这片林子的首领，那么松鼠就是林子里的大王。首领只有一个，大王却有很多，多到没有办法知道它们的数目。松鼠可不像领鸺鹠，它只在林子中间最高的树上蹲着，很少挪动地方，仿佛它的宝座就是那棵树。松鼠是不需要固定宝座的，每一棵树、每一片草地都是它们的移动宝座。松鼠太不安分了，太自由了，从树下蹿到树上，从一棵树到另一棵树，随心所欲，纵横跳跃，一副“本王在此，看谁敢惹”的样子。

也不是什么鸟都不敢惹松鼠，今早我就看到一对松鸦差点儿跟松鼠打斗起来。起因是这样的，这对松鸦正在树顶卿卿我我，忽然就冲上来一只松鼠，将两只松鸦分开，横在中间。

松鸦亮起它们的烟熏嗓啊啊大叫，飞起来，又落下，落在松鼠身边，其中一只可能是雄鸟，头上的羽冠竖起，大啄了松鼠一口，眼看着一场“二松之战”一触即发。可松鼠这混不吝的家伙，毫无战心，对自己的冒失行为也不在乎，抱着枝头剩下的干果，美滋滋地啃起来。

松鸦见松鼠并无挑衅之意，怒火也就消了，竖立的羽冠放下，站在一边，等松鼠吃完果子离开。两只松鸦一只松鼠，在那棵树的顶端，各自为营又相安无事地待了好一会儿，松鸦等啊等，松鼠还是不走，抱着干果只管啃。

松鸦可能觉得实在太无聊，一前一后飞走了。松鸦飞走后，那只松鼠依旧抱着干果啃食了很久，对松鸦的离去浑然不觉。

这些小动物们在同一片林子里住着，总有故事不停上演，而我作为人类，一天中最大的快乐就是看到这些故事。

抱着干果啃食的松鼠

强脚树莺的村庄

三月末尾的一天，我去一个村庄，快进村的时候看到路牌，上面写着“清溪村”。

引我进村的是牡丹花。起先闻到空气中隐约的香气，然后跟着香气，顺着一条乡村公路往山里走，越走香气越浓，之后就看到路边大片的牡丹花田。

牡丹花是白色单瓣的，花瓣内面基部有淡紫红色晕，花药黄色。

“是药用牡丹。”同行的朋友说。

我们驱车沿着狭窄的乡村公路往里走，也不知道绕了多少弯道，眼前的牡丹花更多了，一层一层的梯田，白波荡漾，仿佛刚落下一场雪。

梯田里也不只是牡丹花，还有黄色的油菜花。这个季节，油菜花的花期进入尾声，而牡丹花的花事正当盛时。

半山腰的梯田上也种着牡丹，仔细看，发现梯田全是由石头垒起，裸露出来的山体则是石壁，灰黑色，有着千层岩的纹理。

村庄的房屋在道路两侧，白墙红顶的楼房，看上去是新筑的，一侧依山，一侧傍河。也有不少老房子，简陋，低矮。房子矮门也就矮，个子稍高一点就会碰到头。

房屋的前后都有院子，院子里种着树和花，更多的是一块块石头，或瘦或皱，天然神态，皆是千层岩的质地，靠着院墙排列开来。

这些石头可能是从山上捡来的，搁在院子里，等待路过的买主。

“去看看石头。”朋友把车在路边停稳。

“你们去，我一个人逛逛。”我对石头没什么兴趣，只想在这个陷入花香与春色的村庄随意走走。

刚下车，就听见头顶一阵扑腾声，抬头看，一对黄臀鹎追逐着飞过来，落在刚长出新叶的银杏树上。

银杏树的树身倾斜，像被大力士的双臂狠推了一把。但这树的根太深了，早已扎进地下的岩缝，大力士没能将树推倒，树就那样斜仄着身子，继续活着。

推动银杏树的大力士应是来自天空的霹雳。树根处有一个人形洞穴，也是霹雳制造的。树上挂着牌子，标着这棵树的年龄：四百年。

一棵银杏树在四百年里经历了多少次风雨雷电，没有人知道。

往村庄后面的山坡走，听到强脚树莺三音节的叫声，第一音节是平声拖长音，音量由弱渐强，中间停顿一秒，再发出第二音节和第三音节。后面两个音节紧凑，干脆利落。

强脚树莺叫一声，隔会儿再叫一声，两声尾音的发音为仄声，又不尽相同。

强脚树莺的声音很近，就在身边，我停下来，想看个究竟，它却息了音，显然是发现有人在此。

这时另一边山坡和对面山谷又响起强脚树莺的鸣声，一声起，一声落，像两个人隔空致意，一问一答。

强脚树莺是鸟类中的诗人。听得见强脚树莺咏唱的地方，就是宁静致远的诗意之地。不知这种印象源于我的偏爱还是偏见，或许两者都有。

资料上说强脚树莺的体长为 9~13 厘米，是小型鸟，这么小的鸟，却能发出如此空旷辽远的声音，真让人佩服。

站在山坡上看这个村子，这个村庄就像一艘狭长的木舟，很快就要被淹没。而淹没这艘木舟的就是那正在上涨的绿——无边无际的绿，无边无际的静寂。

真是静啊，这个村子，即使有强脚树莺远近的吟咏，还是觉得静；即使有那么大片的、瑞雪一样铺展的牡丹花田，还是觉得静。

我走下山坡，与看石头的朋友会合。

“这村庄怎么一点声音也没有，也看不见人，人都去哪儿了？”朋友看中了一块石头，想买却无人可问价。

这一路走来只见到一位老人。老人听不懂我们的话，无论我们问什么，只是微笑地看着我们。

“这是强脚树莺的村庄。”我说，“你听，四面都有强脚树莺的鸣叫，是问我们从哪里来、干什么呢。”

朋友站定，很认真地听起来。

听着听着，又觉出一种静，“鸟鸣山更幽”的静，可以吸收和融化一切的静。

营巢季

转眼四月，人间清明。

这时节的傍晚走出去，看见最多的鸟就是燕子。成群的燕子，在村庄和田野之上安静地穿梭，捕食空中的飞虫。

将近六点，太阳下山，燕子仍在低空横斜翻飞，展开的双翼在晚风中划出一道道弧线。我举起相机，想拍下那些美丽的身影，然而按下快门，拍下的只是空荡荡的天空和落日余晖。

燕子飞得太快了，除了目光，无法捕捉到它们的身影。

一刻钟后，燕子仿佛听到号令，集体撤离而去。暮色笼罩四野，一只燕子也看不见了。那么多的燕子，此刻去了哪里？是去了各自的旧巢，还是暂时栖息在林中的树梢？

在候鸟中，唯有燕子是最信任人类的，把巢安在人的房屋里，在人的眼皮底下进进出出，繁衍后代，丝毫不担心房屋主人会伤害它们。不过燕子也很懂得与人保持距离，它们从不会落在主人家的桌椅上，更不会落在主人的肩膀和手掌上，让自己成为人类的宠物。

春来秋往，当人与燕子经年居于同一屋檐下，就被主人默认为家庭中的成员了，也就有了“为迎新燕入，不下旧帘遮”“春色遍芳菲，闲檐双燕归”这样有情意的诗句。而燕子的知时守信，也使得它极少辜负来自人类的牵挂与惦记。

四月是鸟类的营巢季，这时节在路上遇见的鸟大多一副忙碌的样子，嘴里衔着巢材——枯枝、青苔与柔韧的苇草叶子，一趟一趟，运往选好的巢址。

运输的过程并不总是顺利，昨天我就见到一只白腰文鸟被自己衔的苇叶困住。那苇叶足有一尺长，细窄轻飘如同缎带。当白腰文鸟衔着苇叶，翩翩然飞过眼前时，我简直看呆了，还没回过神，事故就发生了——长长的如同缎带的苇叶，不小心给路旁的树枝拦截了。白腰文鸟一个踉跄，倒栽葱样挂在那里。好在白腰文鸟没有受伤，扑腾了一会儿后站稳，重新衔住苇叶，想把它拽出来，可哪里拽得动，那树枝摆明了不想把苇叶还给白腰文鸟，任白腰文鸟怎么努力也是徒然。

昨天在路上还遇见了勤劳筑巢的松鸦夫妇。松鸦夫妇选定的巢址是马路边的一棵枫杨树，巢就筑在枫杨树

枫杨树上，松鸦用树枝搭建的巢

灌木丛里白腰文鸟用斑茅编织的巢

高而粗壮的枝丫上，稳稳地卡在枝丫中间。打开相机，对准焦距，偷窥松鸦巢穴的模样——并不怎么精致，一堆细树枝搭在一起，中间铺垫了些青苔。

鸟是天然的建筑师，只不过每种鸟的体形不同，生活习性不同，对巢穴的需求、营建巢穴的方式也就不一样。松鸦将那些树枝搭在一起，看似杂乱，实际上也是有章法的，树枝与树枝相嵌，稳固如同篱笆，经得起狂风暴雨的考验。

枫杨树在马路边，难免喧闹，但这棵树已经有些年头，枝叶茂密得很，是上佳的遮风避雨之所，周围又有其他的花草树木，可以就近捕食。松鸦夫妇将巢址选在这里，可见它们是很有头脑的。

并不是所有的鸟都善于为巢穴选址。英国生态学家吉尔伯特·怀特就写过这样的事例：一对斑鹟不慎将巢筑在一根光秃秃的枝丫上，或许是筑巢时天气比较凉爽，使得它们没有意识到接下来的麻烦——雏鸟出壳后，炎热的夏天就到了，鸟巢没有遮挡物，酷热难当，眼看着雏鸟将被热浪吞噬，斑鹟夫妇不得不使出权宜之计——整个夏天，展开翅膀，喘着气盘桓于鸟巢之上，充当孩子们的遮阳伞。

怀特没有写这一家子斑鹟最后的结局。但愿它们有好的结局，一家子都能活下来，也但愿斑鹟与它们的后代从这次失误中接受教训，在下一季繁殖期到来时，选一个宜居之地筑巢，免得再受这样的暴晒之苦。

挂念

好些日子没有见到银喉长尾山雀与北红尾鸲，不免心生挂念。早春的时候，这两种鸟是常见的，或许那时树木新叶还未长出。

到了四月，体形幼小的林鸟就很难看见了，浓密起来的树叶遮挡了视线，把它们很好地隐藏起来。

昨天早晨倒是见到了红头长尾山雀，在我每日上班经过的路边，一伙十几只，散落在池塘边的几棵新树上，钻来钻去，啄食花穗和嫩叶芽，边吃边交谈，嘴里发出一串颤音——“吱吱吱、吱吱吱”，像是忍不住要对树木殷勤的招待给予赞美。

红头长尾山雀也是体形幼小的林鸟，比银喉长尾山雀还要小，头戴栗红色帽子，下颏与喉部为白色，喉部中间又缀着一撮黑毛。

银喉长尾山雀，林中常见的“袖珍鸟”，喜群居

红头长尾山雀，体形幼小的林鸟

有人把红头长尾山雀的脸比作京剧脸谱，因为它的眼睛周围有一圈鱼形黑羽，线条勾勒得十分细致，打眼看，还真像京剧《桃园三结义》里的关云长。

要想用文字把一种鸟的羽色表达清楚是很难的事，好在我手里有相机，尽管是简陋的入门机，且用了十几年，但在观鸟之途上还是帮了我大忙。

拍摄过程难免打扰到鸟儿，这让我有些不安。为了减少打扰，在比较清晰地拍下一种鸟类之后，再次遇见，我就远远站着，将耳朵侧向它们，将注意力放在听觉上，用聆听的方式加深认识，而不再将手里的相机举起来，让它们感受到来自镜头的威胁。

昨天我没有拍红头长尾山雀，因为早在去年春天就已经拍过此君。那时候我还不知道它的大名，只是惊异于它那小小的脑袋有着如此丰富的羽色。

我还见到了普通翠鸟，也是昨天，在看见红头长尾山雀之后。

那只翠鸟是老相识了，我在往来于这条道路的三年里，时常会见到它。它飞起时，犹如蓝色的箭矢直射出去，从池塘这边射到对面，要么站在栏杆上，长时间盯着水面，一动不动。

池塘四周是小区的楼房，这只翠鸟也算是小区的常住居民。翠鸟生性孤独、敏锐又安静，你很难靠近它，也几乎听不到它发出的声响。一只翠鸟愿意住在离人近的地方，就是对人最大的信任。

普通翠鸟，多栖息在河边与池塘

一段日子见不到它，我便会心生挂念：这只翠鸟是不是离开这里了？直到又见蓝色羽翼掠过水面的倒影，心里才安定下来，像是一个失踪的朋友回到了身边。

生命中美好的事情是免费的

四月与五月是鸟儿们的才艺比拼季。

鸟儿们的才艺有多种，而歌唱是它们最突出的才艺。

鸟儿们的才艺比拼只在同类之间，斑鸠与斑鸠比，树莺与树莺比，椋鸟与椋鸟比，当它们同一时间亮出自己的拿手曲目，在人耳听起来，就是一场鸟国的“春之歌会”了。

今年以前，我还不能从这样的歌会里听出门道，不能分辨出每位歌手的音色特质，不能从音质里认出歌手的名字。我只是安静地听，闭着眼睛听，整个人沉浸在浪花一样跳跃又闪亮的歌声里，享受鸟儿们的歌声带给我心灵的自由与欢喜。

每一种鸟的声音都有各自的光芒。无论这个世界多么糟糕，只要还有鸟鸣就是让人安心的。聆听鸟鸣时，

内心深处的声音也被唤醒，如林间泉水汩汩流淌。

听不出门道并不影响感官与精神上获得愉悦，而我还是希望能够成为懂鸟语的人。鸟类是自然的代言者，作为与它们生活在同一地域的近邻，听懂鸟语，就是与大自然沟通的最佳途径。

今年从入春开始，我就留意观察身边出现的鸟邻，不再把看见的飞禽含混地称为“鸟儿”，把它们发出的声音统称为“鸟叫”。我学会了在晨昏行走的路途上放慢脚步，去遇见它们，看清它们的模样，记住它们的名字，区分它们的声音。

我把这当作一种日常的练习——只要听到鸟鸣，就去想它的模样；看见一只鸟，就在心里默念它的名字；若看见的是不曾认识的鸟，就去查询它的名字。我还会随时做笔记，把听见的鸟鸣在手机便签里记下。复杂一些的鸟鸣很难用文字记录，就拍下视频，像年少时学歌那样，回到家后反复播放，谙熟鸟鸣的韵律。

今晨就录了一段鹊鸲之歌。

鹊鸲称得上一名优秀的原创歌手，而我真正认识它是上个月的事，当时我经过浦溪河一户人家的门前，听到了它清亮婉转的歌喉。

“清亮婉转”是一个普通的形容词，是人们写到鸟鸣时通常会用到的形容词，但这个词只有用在鹊鸲这里才是最准确的——也许是我的词穷，

鹊鸲，在人类居所附近活动，歌喉清亮婉转

当听到鹊鸲之歌时，我想不出一个更恰当的词来形容它的音色。

我向着声音的方向走去，在这户人家后院的电线杆上看见了它。它站在电线杆顶端，侧对着我，似乎也被自己迷人的歌声陶醉了，禁不住载歌载舞——撑开一侧的翅膀，举起、放下，再撑开另一边的翅膀，举起、放下，然后又翘起尾羽，摇摆起来。整个过程中，它的歌声始终没有停止。

静悄悄地拍下了它的身影，我又站着听了好一阵子。大约过了五分钟，直到我离开，它仍旧在那根电线杆上，带着轻盈的喜悦，唱着早春恋歌。

回到家，第一件要做的事当然是查询它的名字，这并不难，它的外貌有很明显的特征——羽色黑白分明，头部为黑色，同样黑色的翅膀中间有一线白羽，上腹黑羽，下腹白羽。资料上说它是“雀形目，鹟科，鹊鸲属”。

当你认识一种鸟，很快你就会再次见到它。只不过第二次见到鹊鸲并非在原处，而是在乡下的老家。当时我正和父亲聊着天，父亲突然放低声音，指着门口：“看，那只鸟，你认得吗？”我抬眼望去，嘿，是鹊鸲，正旁若无人啄食着地上的米粒。

经常有鸟雀来我家门口找吃的，为了不让它们落空，父亲就撒一些碎米在地上。

后来的日子，在浦溪河边我几乎每天都能见着鹊鸲，有时用视觉见，有时用听觉见，每次遇见都能让心情瞬间好起来。这就是鹊鸲之歌的魅力，当它用歌声征服同类时，也征服了我。

今天听到的歌里还有一首英文歌，是在梁文道先生主持的节目里听到的，歌名叫《生命中美好的事情是免费的》，歌词大致如下：

月亮你喜欢吗，它是免费的；
阳光你喜欢吗，它是免费的；
吹拂你的微风你喜欢吗，它是免费的；
鸟叫声你喜欢吗，它是免费的……

正是这些免费的东西，构成了生命中无处不在的美好。

人类的生活原本可以过得简单一些，并不需要那么多的物质。要知道大自然早已为她的子民准备好了一切，我们只需走进自然之门，敞开自己，像个孩子一样去感受和聆听，就能获得源源不断、本真又天然的快乐。

春晓与啼鸟

醒来听到雨声，如一首安宁的晨曲，让人沉醉。

五点半，乌鸫准时在窗外开嗓，和着春雨的淅沥声，奏唱起有很多变调的抒情曲。

一只乌鸫就是一支轻音乐队。如果这只乌鸫住在你的近旁，你的耳朵就有福了。

乌鸫擅长用真假嗓音交替模仿街坊邻居的腔调，猫的叫声、竹鸡的叫声、电瓶车的报警声、鹰的啸叫声、松鸦的叫声、布谷鸟的叫声、树莺的叫声、人的咂嘴声，甚至还有电影里常出现的街头男孩打呼哨的声音。乌鸫犹如独角戏演员，独自就能撑起一个妙趣横生的舞台。

几分钟后，乌鸫的演绎暂停，雨声也停了，刚刚醒来的黎明重新陷入空旷的宁静。

睡意如一团轻雾再次袭来，正欲入梦，乌鸫的抒情

乌鸫，也叫百舌鸟，善鸣

曲复又响起，啄破梦的薄壳，将睡意驱散。很快，在我窗台安营扎寨的斑鸠夫妇也开始了对鸣，之后是麻雀与远东山雀欢快的和声。

天亮了，在鸟鸣启动的一天里，人间众生又开始了各自的日常生活。

美国科普作家珍妮弗·阿克曼说鸟儿的鸣叫是为了“警告同类有掠食者来袭，或是为了辨识家人、朋友和敌人”，“它们鸣唱是为了宣告或维护地盘，以及求偶”。珍妮弗的解释当然可信，不过我觉得，鸟儿除了因生存需求必不可少的发声，也有不抱任何目的、没有功利性，只因感受到生命愉悦而发出的鸣唱，就像一个人在心情不错、无所事事的时候哼出小曲一样。这种哼唱不是为了展示才华，吸引伙伴的注意，而是和呼吸一样无意识的自然律动。

乌鸫在春天晨昏的唱诵就近似这种。既然有一副好嗓子，为什么不可以想唱就唱呢？自娱自乐也是一种鸟生境界。当然这只是我听起来的感觉，没有科学依据，很可能是错觉（即使是错觉，我也愿意这样去理解乌鸫的歌唱）。

我窗台的老邻居，那对斑鸠夫妇，十天前就抱窝了，比去年早了一个月。清明后的几天连日降雨，温度也降了不少，民间称为“插秧寒”。我不免担心，这样的天气，对斑鸠夫妇的育雏事业显然是不利的。

我作为人类也帮不上什么忙，只能不去打扰它们，偶尔开窗通风也是蹑手蹑脚，尽量不弄出声音来惊动它们。

斑鸠育雏是夫妇二人轮班作业的，一只留在窝里，趴在蛋上——通常是两只蛋，用体温孵化着蛋里的小生命，另一只外出觅食，吃饱了食物飞回来，替换窝里的那只，有时还会带回一些礼物——小虫或果子，献给自己的伴侣。

斑鸠夫妇交接班时会“咕咕咕咕”地叮嘱一番，听起来甚是亲昵。若是觅食的斑鸠长时间没有回来接班，趴在窝里的那只会大声呼唤，它的伴侣也会及时回应，像是在说：“别急，我在这里，很快就会回来。”

斑鸠的孵化期为15~18天。幼雏出壳后，亲鸟仍旧轮流在窝里照顾雏鸟，用嗉囊里的鸽乳喂养雏鸟，直到小斑鸠的羽翼丰满，能够离巢飞翔。

小斑鸠从出壳到离巢需要半个月的时间。去年在我窗台上出生的那只小斑鸠，离巢后就待在阳台外的大香樟树上，刚长成的小斑鸠还不会自己捕食，依旧需要亲鸟喂养，在近旁看护。差不多十天后，小斑鸠能够独立生存了，斑鸠夫妇又飞回窗台，衔枝筑巢（旧巢太脏，被我清理了），开始进入新一轮的繁殖期。

从去年到今年，我的窗台已经第三次成为斑鸠的育儿室了。只是不知今年的斑鸠夫妇是否还是去年那对，很可能是吧，看它们在窗台迈着方步大摇大摆走动的样子，分明是把自己当成主人，把这里当作老家了。

育雏期的斑鸠夫妇通常把巢筑在人类居所附近

子规一叫，就是暮春

傍晚时分，在客厅坐着，一只鸟飞过居所上空，鸣叫声像深渊里的花儿，有着惆怅的颜色，一朵一朵开过去，一朵一朵落下来。

是子规吗？

看时间，六点半，天色将黑未黑。

子规一叫就是暮春。

子规是杜鹃科的鸟。古人在诗文里写到这种鸟鸣时，总是带着伤春和思归的情绪。“一叫一回肠一断”，豪放的李白，闻到子规鸟啼也止不住哀叹。

不怪诗人多愁善感，实在是这种鸟的鸣叫太凄清了，羁旅途中，在空旷的暮春之野听来，一声声犹如灵魂的追问，很容易就勾起人隐藏在心底的愁绪。

我从没看到过子规，不知道它长什么样子，但我与子规又年年相见。这种相见，不是用眼睛，而是用耳朵，或者说是用心里的眼睛去见。

是的，一个人不止生着一双眼睛，除了面孔上的，还有心里的。

与别的鸟不同，子规白天叫，夜里也会叫，在空旷的山谷里叫，在月圆的夜晚叫，越是寂静的时刻叫得越响。有一段时间，我以为子规就是王尔德童话里的夜莺，那只将锐刺扎进胸口，在疼痛中彻夜鸣叫，用流出的血喂养一朵玫瑰，竭尽全力使之盛开的鸟。

子规当然不是夜莺，但它在深夜里穿云破雾的叫声，足以让一朵花动容。

傍晚我还看到一只豆娘，在浦溪河边。豆娘从我眼前梦游般飞过去，惹得我忍不住伸出手，想要抓住它。这么早豆娘就出来了吗？印象里，豆娘是初夏才能见着的小精灵。

希望这只飞过我眼前的豆娘，不会成为燕子的晚餐。也很难说，因为燕子就在它的前方飞着。那么多的燕子，在河流与田野上空穿梭，张着嘴，在一日将尽时，以狂欢之态享用着空中的美味。

还看到两只斑嘴鸭，在草滩里慢慢腾腾、摇摇摆摆地走着，看那情形，估计草滩里有它们刚垒下的窝，说不定窝里还有它们刚下的蛋呢。换作几十年前，我肯定会挽起裤腿下到河里，去草滩探个究竟。捡野鸭蛋可是小时候最喜欢干的事。

斑嘴鸭，家鸭的祖先，营巢于湖泊、河流的岸边草丛中

就在这时，我收到了好友红土的短信，是一张图片，图片里有一对在草地闲逛的山斑鸠。红土说她在下班途中遇见这对宝贝，拍下来发给我看。

真好啊，在我看到一对斑嘴鸭时，红土的目光正落在一对山斑鸠身上。春色将暮的傍晚，在我们与美好相见的刹那放出光来。

茶山听鸟

谷雨将至，乡下老家此时正是茶忙季节。多年以后，我又背上了小时候背过的茶箩上山采茶。

父亲几天前就将茶箩拿到河里清洗过，干干净净的，只是看着比记忆里的小了许多。我问父亲："这是以前我用的茶箩？"

父亲说："没错，是你以前用过的。"

久违了伙计，还认得我吗？

上山前，我在家门口的柴火堆里翻了翻，抽出一根细竹棍捏在手里。嫂子问我拿这个做什么，我说打露水，早晨雾大，山上露水肯定重。

小时候赶早采茶，都是父亲走在前面，用竹棍打路边草叶上的露水。山路窄得很，草有半人深，除了露水，也藏着别的小动物，用竹棍打一打，算是给小动物提个醒，让它们溜到一边让让道。

我有很多年没有爬过茶山了，想起茶山，脑子里还是小时候的画面。记得这片茶山有一面石壁，青绿色，常年水流不断，石壁两边丛生着野水仙，到了茶季，山谷里到处是它们的花朵，一簇簇的白色，清雅出尘。

有一种鸟，不知道是因为喜欢这些野水仙，还是喜欢石壁的水流，常年徘徊于此处。当我站在石壁前，仰头看那迸溅的水花时，会在石壁顶端的绿枝上看见它摆动着尾翼，跳跃如音符。

蹲在石壁下的池潭掬水喝，也会在倒影里看见它，黑色的小脑袋，黑色的翅膀，尾翼拢在身后，偶尔展开，似一把打开的绯红的扇子。抬头想看个清楚，哪里寻得着，只听见野水仙的花丛里传出的鸟鸣，单音节，尾音上扬，像是在问："谁、谁、谁……"

小时候不知道它是什么鸟，就自个儿做主，叫它红尾水仙，后来知道了它的大名，和我取的名字只差一个字——红尾水鸲。看来我在取名这方面还是有点天赋的，不算太离谱。

父亲进入老年，便将茶山转给亲戚家了。这两年茶价下跌，忙碌整个茶季也不过挣个本钱，亲戚觉得不划算，又将茶山还回来。嫂子对我说，既然还回来了，荒着也可惜，不如我俩采吧，在茶叶产量最高的时候采一天，拿到茶厂去加工，也够家里一年喝的。我当然赞成。

走进山就看见了那面石壁，石壁上仍然挂着细细的清流。但我再也没有看见那些仙子一样的白色花朵，心里空落落的。

野水仙消失了，那被我称为红尾水仙的鸟还在吗？

这么想的时候，就从岩壁上方传来一阵鸟鸣——“谁、谁、谁”，单音节，尾音上扬，正是红尾水仙，不，是红尾水鸲发出的呼唤，一声声，在山谷里荡起清亮的回音。

抬头，岩壁上垂挂着碧绿的菖蒲，像一个人额前的刘海。菖蒲上簇生着小灌木，灌木的叶子蓊郁一片，没有见着与我打招呼的鸟。

你好啊，老朋友，我知道你不是我小时候见过的那只鸟，但你一定是它的后代，谢谢你还在这里守着，让我多年后还能听见你的声音。

红尾水鸲用它的脆鸣迎接我，行到半山腰才跟我告别——这里已不是它的领域，它的领域在山谷的低处，在河流与溪畔。

上山的路还是很窄，又滑，陡峭处容不下一只脚，只能用脚尖踏着。我家的茶山在山顶，小时候觉得很高，现在没走多久也就到了。

在茶山听到的鸟鸣还有银喉长尾山雀和四声杜鹃。

银喉长尾山雀的叫声就在头顶，“*滋滋滋、滋滋滋*”，整个上午都在叫着，声音响亮，萦绕在头顶，犹如在不停地盘问：“怎么回事，想干什么？”突然有人出现在它们的领地里，这可不是一件小事情。

四声杜鹃是下午三点半听到的，声音有些迟缓，像

红尾水鸲，栖息于河流水畔与山谷小溪，常单独或成对活动

一个初来乍到的人，因陌生而显得有些怯弱，不敢大声说话。

这是我今年第一次听到四声杜鹃的叫声，尽管没有看见，还是能够凭借听觉认出它。我对四声杜鹃的声音很熟悉，小时候在这山上采茶，满耳朵都是它“阿公阿婆，割麦插禾”的催促声。

鸟鸣是有地域性和季节性的。村里人常用鸟鸣来判断节令，当四声杜鹃的鸣声响起在村庄上空，春天就过了大半，是该犁田育秧的时候了。

白胸秧鸡与雎鸠

清明节气的最后一天，早晚我都听到了白胸秧鸡的叫声。

白胸秧鸡的另一个名字叫苦恶鸟，也不知是谁取的。名字就是标签，一种鸟被加以“苦恶”的标签，难免让人生嫌。

我奶奶就不喜欢听这鸟叫：“整天叫苦有什么用，听得人心里愁烦死了。”经奶奶这么一说，再听那声儿，还真有点像在叫苦，“苦哇、苦哇、苦哇……”一直叫一直叫，中间也没个停歇。

鸟哪里会叫苦呢？会叫苦的只有人。当人觉得心里有苦水的时候，就想找个人把苦水吐一吐，吐出来心里也就亮堂了一些。

一个心里有苦水又吐不出的人，若是听见了白胸秧鸡的叫声，会觉得更烦闷吧，仿佛那鸟叫的分明是自己的命。

老一辈的人把白胸秧鸡的叫声听成“苦哇”，大概和这个时节也有关。

清明与谷雨交接的时候也是农忙季，农民起早摸黑采茶做茶，做到后半夜也没觉睡。茶叶刚下市，紧接着就得犁田插秧，半夜里起来喂养桑蚕，忙得腰酸背痛四脚朝天，哪有不苦的？这时节还是青黄不接的时候，旧年的粮食已经吃完，新一年的粮食还没下地，家里老老少少的，嘴都向主妇张着，年复一年，这苦想说也没处说，只有水田里的鸟叫声来替他们倾诉，一声声把天叫亮，又把天叫黑。

不知道是我心境的缘故还是别的原因，现在听白胸秧鸡的叫声，心里浮现的不再是奶奶说的“苦哇、苦哇”，而是《诗经·关雎》里那句著名的“关关雎鸠，在河之洲”。

真的，怎么听都是“关、关、关”，一字一顿，掷地有声。

“雎鸠”究竟是什么鸟，是我此刻听到的白胸秧鸡吗？上网查资料，没有标准答案，只说雎鸠是“一种生活在水边的鸟”。

没有答案更好，这样我就可以有自己的答案——《诗经》里的雎鸠很可能就是白胸秧鸡，因为秧鸡就是生活在湿地与河边的，是“在河之洲”的水鸟。

《关雎》在《诗经》里是一首爱情诗。爱而不得，辗转反侧，在没日没夜的思念中，痛苦与折磨就结晶为

白胸秧鸡，也叫苦恶鸟，栖息于秧田、沼泽与溪边草丛中

诗句，升华成艺术了。

白胸秧鸡的鸣叫也是源于情欲，是雄鸟献给雌鸟的单音节爱情诗，在清晨与黄昏反复吟诵，激烈又执着。

傍晚听到白胸秧鸡的叫声时，正经过一片人工挖的小池塘，池塘里半边长着茭笋，半边浮着莲叶一样的水草，白胸秧鸡的叫声就出自塘间。

看见水草，很自然就想起“参差荇菜，左右流之”。

这水草是不是《诗经·关雎》里的荇菜呢？

白胸秧鸡与雎鸠真的是同一种鸟吗？

住在鸟的旁边

近午突然落起雨来。

雨也不大。落雨的时候我在阳台读一本书的后记，刚读完雨就停了。阳台外的香樟树经雨一润，绿得发亮。

片刻，雨又断断续续地落下。雨声之外，斑鸠“水咕咕”的鸣叫此起彼伏。

这雨落的是时候。今日谷雨，“清明要明，谷雨要雨”，小时候就听村里老人这么说。

香樟树开花了。香樟树换叶子是清明前后的事，半个月过去，新叶成荫，碎花如米。

香樟花的香是沉静的，眷眷无穷，加重了暮春的气息。

昨夜醒来时听到鹰鹃的叫声。去年听到鹰鹃也是在谷雨前夜。鸟雀就是自然的时钟，每种鸟的鸣叫都有它的时序，既不早到，也不延迟。草木的花期也是如此，每种花的开放也有它的时序，应时而开，应时而落，让人感到安稳。

之所以对这个世界深怀眷恋，就是因为在年复一年平淡无奇的日子里，总有这些细小又美好的事物适时出现，让惦念从不落空。每次与它们重逢都像是打开一年的序章，而每次的告别又让我期待来年的重逢。

夜里鸣叫的鸟很少，鹰鹃算是一种。鹰鹃是杜鹃科，噪鹃也是杜鹃科，噪鹃夜里也会鸣叫。有阵子我分不清它们谁是谁，就把它们统称为子规，古时候的文人就是这么称呼的。也有地方把鹰鹃叫作贵贵阳，这是拟音的叫法。以鸟的鸣叫声来给鸟命名，是人类通常的做法，比如我们村就把斑鸠叫作咕咕鸟。

分不清鹰鹃和噪鹃，是因为它们的叫声里都有孤寂与不甘，尤其夜里听，那种孤寂被夜晚的宁静放大，使人在梦里也不由得裹紧被子，唯恐被这声音攫去了魂魄。

到了谷雨，春天的鸟儿差不多都到齐了，双双对对忙着营巢育雏。

中午落雨的那一刻，听着远处斑鸠的鸣叫，我心里一动：卧室窗台上的“斑鸠之家”现在是什么状况？幼鸟出壳了没有？心念一起，就按捺不住好奇心，搬出椅子，站上去，踮脚，隔着阳台窗户窥探情况（阳台与卧室的窗户相邻）。啊哈，斑鸠窝里卧着两只幼鸟，抬头望着我，毫无惧色。看那情形，幼鸟已有八九天的鸟龄了。

昨天发现阳台外的红叶李树上也有鸟在筑巢，嘴里

山斑鸠，羽翼有好看的扇贝状斑纹

衔着长长的芭茅，飞进去，很快又钻出来。红叶李的叶子已很茂密，颜色转成朱红，一只鸟巢藏在里面，从我的视角看过去，是毫无破绽的。

去年就有鸟在这棵红叶李树上筑巢，等我发现鸟巢已是晚秋，树叶落得差不多了。那只碗状的鸟巢卡在枝丫中间，整个冬天都在，稳稳当当，下雪的时候，雪堆进鸟巢，高出鸟巢一大截，太阳出来，照得鸟巢闪闪发光，使我生出幻觉，觉得从巢里会飞出银白色的雪鸟来。

这是什么鸟在树上筑的巢，并且是在旧巢的位置上。应该还是去年的旧主，或者是去年在这个巢里出生的鸟。我是近视眼，就算戴了眼镜，也不能凭肉眼看出那是什么鸟。那鸟的体形太小了，飞来飞去也是静悄悄的，不发出声音，我无法从鸣叫声里辨认。于是，我拿出相机，等鸟衔着它的巢材飞过来时拍下，看个清楚。

是白腰文鸟。在它再次回到自己的新家（也许是老家），安放好巢材，站在树枝上小憩的片刻里，我拍下了它。想起来了，去年初夏，红叶李果子成熟时，曾看见一溜文鸟站在果树最低的枝丫上，有五六只，你挤我，我挤你，站立不稳，嘴里发出稚嫩的鸣叫，一看就是才出巢的雏鸟。

记得梭罗曾说过这样的话（原话记不清了），意思是：我不把鸟装进笼子，我只把自己的居所放在野外，住在鸟的旁边。

我的居所不在野外，不过由于这些树的缘故，由于居所附近有河流与田野，我也是住在鸟的旁边。

每天被鸟鸣唤醒，坐在阳台上就能听见从近郊传来的野鸟之歌，并沉浸其间——我知道这并不是每个人都能享受的悠闲。而我能够在春去春又来的晨光里与鸟为邻，这就是命运的眷顾，是大自然赠予的最好生活。

白腰文鸟，以植物的种子为食，常居村庄附近

与四声杜鹃共度的清晨

今天是世界读书日。

除了纸质书，我如今阅读的更多是自然。居所周围的郊野就是一部大书，时时都在生长、更新，奥妙与乐趣无穷无尽，值得每天花一些时间走进去，把自己放在书页里，打开感官，阅读藏在段落里的细节。

很幸运，又仿佛是大自然特意送给我的礼物——今天刚走到浦溪河边，就见到了四声杜鹃，这可是平生头一遭的事。整个早晨，我站在浦溪河边的石桥上，凝神专注，以耳朵阅读了它的鸣声，以眼睛阅读了它在树上的姿态，沉浸在这种“自然阅读”带来的秘密幸福里。

四声杜鹃的鸣叫我是毫不陌生的，可以说太熟悉了，每年谷雨，在它以四音节的鸣叫宣布归来前，我就已经开始惦记它，像一个在路口等着朋友的人，每部车经过，都要伸颈张望，心里念叨：是在这部车里吗？来了吗？

上周末回乡采茶，在山中听到了四声杜鹃的初啼，声音微弱，仿佛它对自己的发音没有把握，鼓起勇气试一下，叫了两声后就息音了。这令我恍惚：是真的听到，还是因为惦记产生的幻听？

本地人把四声杜鹃叫作发棵鸟。“赶早发棵，赶早发棵”，听到它的鸣叫，母亲就跟着这么念叨，如果是在山间采茶，手也会不由得快起来。鸟儿的鸣叫就是提醒，是催促，一声声催着人往前赶：春天就要过去了，再不快点就来不及了。

在我家乡的方言里，“发棵”是开枝散叶的意思，也暗指繁衍。新人成婚，家里长辈给红包时会加上一句，“赶早发棵，赶早发棵啊”。

有地方把四声杜鹃的鸣叫翻译成“阿公阿婆，割麦插禾”，或者“快快布谷、快快布谷”，和“赶早发棵”一样，有股子催促的劲儿。也有地方翻译成“光棍好苦，光棍打醋”，这就有点戏谑的味道了。

鸟鸣没有方言。只是每个人都惯用家乡的方言听鸟鸣，仿佛那只鸟从童年的山头飞来。

听到四声杜鹃的啼鸣不是难事，只要在谷雨后去乡间住上几日，早晚在田野里走几个来回，总是能听到的。而想看见四声杜鹃的真容就不那么容易了。杜鹃科的鸟——鹰鹃、噪鹃、大杜鹃（通常说的布谷鸟）、八声杜鹃，都是很难见的，它们太擅长把自己隐藏在高大茂密

四声杜鹃，俗称“发棵鸟”，以昆虫为食，鸣声洪亮

的树颠，很少飞翔，只把一声声的鸣叫插上翅膀放飞出来。当杜鹃科的鸟鸣布满天空，暮春山间田野就有了寥廓的况味，时间和空间被这鸣叫声拉长、抻开，向纵深里延伸。

今早走到浦溪河的桥边时，已有工人在干活了。听到四声杜鹃的啼鸣，工人愣了一下，停下手里的活，向着桥头的大树望过去，嘴里念叨一句“家家宝宝”。

这工人不是本地人，而是从浙江过来的。“家家宝宝”是浙江人对四声杜鹃的昵称。浙江人善于养蚕，到了暮春光景，就是家家户户开始养蚕宝宝的时候。

我走到桥边，伸着耳朵，屏声静气，像个伺机而出的“鸟音捕手”。四声杜鹃叫了两声，停了好一会儿，又开始鸣叫，对，没错，就在桥头的大树上。

我叫不出这棵大树的名字，但我知道树上有只松鸦窝，前一阵垒起来的，那时树叶刚发芽，还没有这么茂密。不知道此时窝里状况如何，松鸦是否已经“发棵”。

杜鹃科的鸟是不筑巢的，它们把蛋下在别的鸟巢里——趁着宿主外出觅食，把巢里的蛋推出一枚，趴在里面下蛋，也不下多，一枚而已，随后溜之大吉。宿主飞回来，不明就里，继续趴窝下蛋孵蛋，等幼鸟孵化出壳，还没睁开眼的杜鹃幼鸟就趁着宿主离巢觅食的当儿，把宿主的幼崽一个个拱出巢，让宿主单单喂养它一个。

以人类的道德伦理来看，杜鹃鸟的这种行为简直丧尽天良。不过在大自然的法则里，万物都有各自生存的途径，每一种生物都是食物链的一环，生命基因携带的特质是没有是非对错之分的。

我在桥头站着，视线刚好斜对着树，而桥栏又恰好遮挡了我。大树的枝叶间还是有一些空隙的，在四声杜鹃啼叫时，有两只鸟一前一后从树上飞出去，大概是慑于杜鹃啼叫的威力，避而远之。

我想，看到那只四声杜鹃是非常难得的机会。我离这只杜鹃这么近，也许以后再也没有这样的机会了。

不知道哪方神灵相助，我居然看到树上一根枝丫在晃动，再看，枝丫上有只鸟形生物。是四声杜鹃吗？我赶紧打开相机镜头，对准再看，嘿，正是它。

终于见到你，杜鹃君，“念念不忘，必有回响”，这回我信了。

从体形看，四声杜鹃应属中型鸟，头颈与翅膀的羽色为灰褐色系，胸腹白羽间有一道一道的黑色横纹，尾羽内侧也是白色，间以黑色细横纹。

啼叫大概是很费力气的事——四声杜鹃喉部羽毛支棱起来，脖子一下子变粗了，头高昂，嘴大张，叫过五六声之后停下，歇一会儿，转个方向，再叫。

两次啼叫中间停歇的当儿，它也不闲着，像“鸟界美妆博主”那样整理起妆容，护理着羽毛。羽毛护理的步骤如下：抖翅膀，把头向后仰，再向后仰。从我的角度看，它几乎就是一只无头鸟。其实它正用嘴从尾部脂腺里取出油脂，涂抹在翅膀上、尾巴上，使羽色看起来油润发亮——这会给它的外表加分。求偶期的鸟儿，羽毛是否亮丽是顶要紧的事。

这只四声杜鹃显然很爱干净，头弯过来折过去，在腋下啄啄，在颈部啄啄，清理藏在羽毛里的小坏蛋——那些让它感到不适的寄生虫。梳理好羽毛后，四声杜鹃蓬起胸羽，打开尾翼，让尾翼呈半开的扇形，悠闲地左顾右盼起来。这样做是为什么呢？是展示它的羽毛多么鲜亮、丰满，还是为了散热？也许两者都有吧。

不知道在桥头站了多久，如果四声杜鹃一直在树上待着，“赶早发棵、赶早发棵”地叫下去，我也会一直静悄悄地站着听下去。如果它这样叫上一整天，我就一动不动听一整天。

可是飞过来一只黑鸢，伸展巨大的翅膀绕着树飞了一圈，又飞了一圈。黑鸢一声不发，却有霸王的气势。四声杜鹃从树上飞出，变成黑点飞入云端，转眼消失了。

四声杜鹃飞走了，而我并不觉得怅然若失。我的生命与四声杜鹃已经有过交集——在暮春的浦溪河边，我们共度了一个宁静又美好的清晨。

在乌鸫的晨唱里醒来

夜里下雨，凌晨雨声渐歇，我在乌鸫的晨唱里醒来时，天还没亮。

都说早起的鸟儿有虫吃，乌鸫就是那只早起的鸟。乌鸫早起不只为吃虫，还为唱歌，从三月到五月，我醒来听到的第一声鸟鸣要么是斑鸠的，要么是乌鸫的，叫声之近、之清晰，仿佛它们就守在窗外，用多变的曲调履行着叫醒服务。

随着白昼变长，天亮时间的提前，乌鸫晨唱的时间也跟着提前，起初是六点半，然后是六点、五点半，再然后，也就是现在，五点不到它就开嗓了。

这可是下雨天啊，乌鸫先生，下雨天就是让人睡懒觉的，你不能消停一会儿吗？

乌鸫晨唱是从书房那边传来的。书房窗子拐角有个

乌鸫，自得其乐的鸟中歌手

乌鸫巢穴，去年这个时候垒在那里。为了不影响乌鸫在窗台养育后代，去年春末夏初，有半个多月我没有打开那扇窗，也没有进到书房里去。育雏期的乌鸫太敏感了，别看它平日在草地上悠然踱步，用眼角漫不经心地瞅你，即使你走得很近也不飞走，但到了育雏期，一点点动静就会惊吓到它，让它尖叫着从巢里飞开。

乌鸫感到不安全时会弃巢，离家出走，哪怕巢里已有快出壳的幼雏。不止乌鸫这样，很多鸟都如此，感觉到巢里有陌生气味就会警惕起来。这样的警惕是必要的，在大自然中生存，危险无处不在，唯有加倍小心才能保全性命。

也有心大的鸟，斑鸠就是。住在我卧室窗台上的珠颈斑鸠，只在刚开始筑巢时对室内的主人持有戒心，过了几天，感觉到我并无驱逐它们的意思，就很自在地进出窗台了，对我开窗通风的举动也不在意。当然它们也懂规矩，不做越界的事，不从敞开的窗子飞进屋里。如果它们真飞进来，我也是欢迎的，偶尔互相拜访一下也无妨。

去年直到入夏，我才敢推开窗玻璃。抬头看那只形状如保温桶的乌鸫巢，静悄悄，没动静，心想“乌鸫幼雏已经出巢了吧”，便爬上窗子，看巢内情形。天哪，居然有两只雏鸟的遗骸在里面。

我戴上手套，将雏鸟遗骸清理出去，想将巢也移除掉，犹豫了片刻，还是留下了它。巢是用枯草、苔藓和黄泥三种材料垒起来的，厚实牢固，卡在窗栏之间，很稳当。

这巢里究竟发生了什么变故，不得而知。

那只空空的乌鸫巢后来就留在窗子上，每次开窗，我都会抬头看一眼，仿佛那是一处时间的遗址。为什么要留着这只空鸟巢？是希望来年春天仍有乌鸫来巢里吧！乌鸫会嫌弃它们的旧巢吗？尤其这旧巢还发生过育雏失败的事。

十天前，我从窗下经过，也不知是哪根神经被触动，抬头望向那只旧巢，就见一对乌鸫从里面飞出。乌鸫是来打探情况的，但愿它们不嫌弃，就算这只巢有点破旧，修修补补也是好的，总比重新选址筑巢来得便利。

这段日子我没有开过书房窗子，偶尔进书房也是踮着脚，怕惊扰了那对乌鸫。乌鸫进入育雏期就会安静下来，不再轻易发出声音。因为那样会暴露巢穴的位置，成为掠食者的目标，一旦亲鸟出巢觅食，隐藏在侧的掠食者就会伺机将巢里的幼雏掳走，变成一顿美餐。

如果哪天早上叫醒我的不再是乌鸫，有可能它已经进入父亲的角色，安安静静，又时刻保持警惕，在近处守护着巢，偶尔飞离片刻，回来时嘴里会含着食物，喂进孵蛋的雌鸟嘴里。

雏鸟出巢

卧室窗台的斑鸠雏鸟已经出巢。

我是今早发现的，心里想着“不知小斑鸠长得怎样了”，就搬来椅子，站上去，隔窗看斑鸠巢里的情况——巢里空空，只留下一堆粪便。

翻看去年的观鸟记录，斑鸠夫妇在窗台筑巢是四月底的事，第一窝雏鸟出巢在六月上旬。今天是四月二十五日，斑鸠夫妇就已经完成了春季的育雏工作，比去年提前了四十天。

今年的物候比往年早。春节后几天，温度突然飙升，留鸟从角落里呼啦啦涌出，一时间春意盎然。毫无征兆的春暖仿佛一只手在自然之钟上划拉了一下，把时间拨快了。斑鸠夫妇提前进入育雏期大约就缘于此。

皖南的春天很任性，像情绪不稳定的人，一会儿冷

完成春季育雏工作的斑鸠夫妇

冰冰，一会儿又热情四溢，让人摸不准。人都摸不准，鸟儿就更是摸不准了。当斑鸠夫妇在春寒未尽时开始抱窝，作为近邻的我看在眼里，心里是有几分担心的——真是糊涂胆大的一对，万一天气突然冷下来，雏鸟的命运堪忧啊。

看来是我多虑了，现在，斑鸠巢已经空了，雏鸟顺利出巢，也不知是哪天出巢的。上次观察斑鸠巢还是几天前，那时雏鸟的羽毛已经长齐。

找出剪刀，进卧室，爬上窗，这个我为斑鸠用硬纸板亲手搭建的“宅基地”，得亲手拆除了。不然天气热起来，鸟粪就会发臭，引来苍蝇、蚊虫，对住在旁边的我来说可不是件美妙的事。

如果鸟类也可以相互学习、传授知识，斑鸠真该向它的邻居乌鸫虚心求教，让乌鸫教教它怎么保持巢穴的干净，怎么清理雏鸟拉出来的小粪球，而不是让雏鸟在整个生长期躺在自己的粪便里。

乌鸫算得上是卫生典范，是居室清洁小能手。亲鸟衔来虫子，站在巢穴边缘，喂进大张黄口、嗷嗷待哺的幼雏的嘴里后，并不马上飞开。幼雏也很灵泛（方言，即聪明），尾部一抬，转向亲鸟，亲鸟就会意了，伸过脑袋，用喙尖将幼雏的小粪球扯出，扔出巢。

这时节走在人行道的香樟树下，若是看见地上斑斑点点的鸟粪，不用说，头顶上方的树冠里准有一只乌鸫巢。

不止乌鸫，多数鸟类都善于保持巢穴的干净卫生，这样就不会滋生细菌，影响雏鸟的健康生长了。唯有斑鸠，对此毫不在意，一代一代，延续着“让粪便成为巢穴温床”的粗放作风，也许斑鸠幼雏天然对细菌有抗体吧。

当我将窗台的斑鸠巢拆去，准备端水清洗窗栏时，飞过来一只斑鸠，它钻进窗子，停在巢穴的位置上，左看右看，有点想不明白的样子。

又飞过来一只，站在它旁边，也是“怎么回事，发生了什么？”的表情。

两只斑鸠的脖子上都有珍珠斑纹，胸腹的羽毛棕红色，是成年的大斑鸠。它们就是在这里育雏的斑鸠夫妇，飞过来喂雏鸟鸽乳，却发现这里有了变化——巢不见了，雏鸟也不见了。

这么说来，斑鸠雏鸟也是刚出巢的，连亲鸟都不知道这回事。

雏鸟应该就在窗子对面的香樟树上。刚出巢的鸟飞不远，它们还需要亲鸟投喂；学会捕食后，就会离开亲鸟，独自去广阔的天地里生活。

好吧，今天就不洗窗子了，说不定雏鸟等会儿要飞回来。正当我这么想时，一只雏鸟果然飞了回来，落在斑鸠夫妇中间，片刻，另一只雏鸟也飞了过来。在我卧室的窗台上，一家四口聚齐了。

看不见的夜鹰

这几日早晚我都会听到“哒哒哒哒”的声音，有时夜里也能听见，像一匹疾驰的马从梦境穿过。

往年也常听到这样的声响，起初我以为是邻居的孩子在倒腾玩具枪，可这样的钟点，孩子要么还没起床，要么已经睡了。

再听，又觉得像老电影里的电报声。那通常是间谍做的事，在避人耳目的密室角落向某个地方发出无线电波。

但这声音没有避人耳目的意思，只要是醒着的人都能听见，清晰又急促。

“哒哒”声没完没了，让人心里发慌。我忍不住爬起来，走到窗边，但外面乌漆墨黑，什么也看不清，而声响仍在持续，在寂静中越发响亮，颇有弹性地抖动着。

声音是从树上传来的。是啄木鸟弄出的动静吗？有可能。这样高频率、快节奏的声响，只有啄木鸟天生拥有的技能可以做到。

想到可能是鸟发出的声音，我就不再觉得刺耳了，人也平静下来。只要是自然界的声音，无论多么古怪，我都能接受，没有心理上的拒斥感。

后来看一部鸟类纪录片，啄木鸟敲击树木的声音是“笃笃笃”，敲一会儿，停下来，过会儿再敲，与我听见的声音还是不同。

究竟是什么鸟发出了这样的声响？

乌鸫。对，准是乌鸫搞的名堂。乌鸫太热衷于模仿，也许它原本想模仿啄木鸟的敲击声，可模仿毕竟是模仿，

总有偏差的，把敲击声模仿成了玩具枪的扫射。这么一想就想通了，再听到“哒哒哒哒”的声响，就不纠缠于“究竟是什么声音”的问题了。

但我还是错了，乌鸫确实模仿过这种声音，只不过它的模仿对象并非啄木鸟，而是另一种鸟——只在夜间活动的普通夜鹰。

我是怎么明白真相的呢？好吧，趁着心里还有股子“我又认出了一种鸟鸣”的得意劲儿，说说这过程。

凌晨，我像往常那样被鸟鸣叫醒。在鸟鸣之外，依旧是雨声——谷雨后每个早晨醒来，都是鸟鸣伴着雨声。第一声叫醒我的鸟鸣是“哒哒哒哒”，响了一阵子，乌鸫拉开了它那不负“百舌鸟”之称的嗓子，兴致完全不受雨天的影响，模仿起左邻右舍的腔调，煞有介事地哼着小调。

等等，怎么回事？这“哒哒哒哒”的声音还在，时远时近，如同和声，伴随着乌鸫的鸣唱。难道有两只乌鸫一唱一和，不对，当这两种声音同步响起，就能听出音色的差别——是两种不同的鸟发出的声音。

消失了的疑问又浮上来：究竟是什么鸟发出这样的声响？

手机就在床边，拿过来，在浏览器里打上一行字：什么鸟会在清晨和夜晚发出“哒哒”的鸣叫。

得承认，很多关于鸟类的疑问，我是通过网络搜索得到答案的。这个办法既便利又笨拙，因为不能看到什么答案就信什么，要像破案那样，寻找蛛丝马迹，一条一条验证，多方核实，再加上自己的判断，最后得出结果。而这结果也不一定准确，还得在日后的观察里加以辨别。

搜索之后便发现和我发出同样疑问的人居然有很多。看来夜晚受这鸟鸣困扰的大有人在。在相似的问题下面，有人给出了答案，说这是普通夜鹰，也叫夜燕，夜行性的鸟，“入夜后开始活跃，像机关枪扫射似的叫个不停”。这描述和我听见的极为相似。接下来就是听音辨识了，在浏览器里打上“普通夜鹰的叫声”，跳出几个视频，逐一点开，果然和我听见的如出一辙。

以人对鸟的惯性审美来看，普通夜鹰的形象实在说不上悦目：短足，阔嘴，嘴角还长了细刺样的胡须，半眯着眼，像是身披蓑衣于河边垂钓的老翁。

普通夜鹰的生活习性和猫头鹰接近，白天懒洋洋，万事不上心，到天黑就来精神了，开始它谜一样的夜生活。

夜鹰的捕食是在飞行中完成的，它的大嘴此时发挥了作用，簸箕一样张着，空中的夜蛾和蚊虫躲避不及，呼呼进了它的嘴巴。

对了，普通夜鹰还有个外号叫“蚊母鸟”，因它出现的时候蚊虫也出现了，开始骚扰人类的生活。古人以为那些蚊虫是夜鹰的大嘴里吐出的——这可真是冤枉了它，明明夜鹰的大嘴是用来吞食蚊虫的，果了自己的腹，也替人类消灭了害虫。与其说它是蚊母鸟，不如说它是灭蚊鸟。

我没见过普通夜鹰。以我这眼神，就算白天在林子里碰到，也会把它当作凸起的树疤。它有很逼真的伪装色，身上的羽毛与树皮浑然一体，再加上纹丝不动的闭目打坐功，使得它即使在人跟前，也形同于无。

在我的周围，还有多少鸟是我不曾看见和认识的？希望还有很多，希望每天走在路上，即使是一条再熟悉不过的路，也仍然可以有新鲜的、陌生的遇见，让这些遇见成为生活里的光亮。平淡无奇的日常，因为这样的光亮，也就有了瞬间离开地面，与鸟一起飞翔的片刻。

虚空之美的召唤

四月将尽，在人间我又度过一个春天。

这个春天我只做了一件事——去认识身边的鸟邻，看它们的模样，记住它们的名字，聆听它们相似又不同的鸣叫声。当我的注意力集中在这件事上，我离人的世界远了，离鸟的世界近了。

人是不能离群索居的，生活在人群里才会有安全感。而如果一天里与人共处的时间太多，又很容易疲惫。我就是这样，在人群中待上半天就头昏脑涨，说话超过半小时会缺氧而导致耳鸣。

我对“独自”的需要甚于“人群”，对“安静”的需要甚于“热闹”。如果把生活比作一个房间，我希望这个房间有很多落地窗，每一扇窗都面向大自然。假如房间里人来人往，即使有窗户，也会被人的身影遮挡，除了一声高过一声的话语、争论，再也听不到别的声音。

认识鸟邻的过程，是我与大自然相处和交流的过程。认识的鸟越多，越发觉得人类的欲望和盲目自大是一个囚笼。鸟类在育雏期为自己建筑巢穴，当雏鸟出巢后，它们就不再占据这只巢，而是将领地还给天空，将巢还给大自然。而人呢，人类的忙忙碌碌，更像是把自己变成笼中之鸟的过程。

我要向鸟邻学习，在需要时创造，在不需要时就放弃和告别。与其让自己成为拥有物的背负者，不如让自己成为从远方而来两手空空的旅人。唯有自然是永恒的家园，在这个家园里，每一根树枝都可以成为脚下的支撑和立足点。

这个春天究竟认识了多少种鸟，我没有统计。我也不会去统计，让认识的鸟变成一个呆板的数字。再说我的认识还是粗浅的，不应拿来炫耀。对鸟邻的认识，还需要下一个春天来验证和加深。当明年春天到来，仍然能够在遇见时叫出名字，在听见时辨认出它们，那么就是真的认识了，就可以像介绍好友那样向别人介绍它们，让更多的人关注它们的存在，“原来我们身边有这么多鸟，原来每只鸟都有自己的声音和名字”。当一个人开始关注身边别的生命，视野就打开了，一成不变的生活也会变得有意思起来。

两天前我又认识了一种鸟，是此前没有见过的。也许以前见过，只是角度不同，留下的印象也就不同。

我是在黄山北大门售票处看见这种鸟的。售票处建在海拔八百多米的半山腰。松谷庵就在北大门，我来过多次，写过一些与之相关的诗文。走进售票处还是头一回，我陪外地来的朋友买好门票，目送他们穿过廊道，挥手告别，准备离开，目光突然就被窗外的鸟群抓住。

朝北的墙是一整面长廊形落地玻璃窗。窗外是峡谷绝壁，升起来的云雾将峡谷隐藏起来，深不可测，一阵风吹，云雾的裂隙间遥遥透出山下人间的模样，又一阵风，云雾合璧，人间模样消失了。

鸟群就在这样的峡谷里冲浪，翅膀滑行在云雾之间，一次次将自己从高空抛出，俯冲向云雾深处，又从云雾里盘旋着飞上来。从我的视角看，更像是一群鱼在深水里自在又快速地追逐，时而浮出水面，时而消失在水底，纵横穿梭，好不逍遥。

往常看鸟飞翔都是仰视的角度，看见的是鸟的腹部，这一次，我看见的是鸟的背部，看见它们剪形的尾翼和腰背上的环形白羽——是白腰雨燕。黄山的每条峡谷里都有水流、瀑布与深潭，正是因为水流常年的冲刷，才有了峡谷险峻的风貌。而白腰雨燕的栖息地就在悬岩与靠近水流的地方，在繁殖期，亲鸟会将巢穴建于河流石壁和悬崖裂缝间。

白腰雨燕是夏候鸟，在春末夏初时迁回，喜群居。和普通夜鹰一样，它们也是在飞行中捕食昆虫，同时发出单音节的鸣叫声。隔着玻璃窗的缘故，我听到的鸣叫

虚空之美的召唤

有些遥远，不过当它们从云雾深处飞回来，还是能够听到“叽、叽、叽”的鸟鸣声划过，在空中留下尖细的弧线。

不知道在窗前站了多久，如果不是接我下山的出租车按喇叭，我还会这样一动不动站下去，看下去。云雾峡谷像一个巨大的谜，充满未知的诱惑与危险，而那些雨燕一次次的俯冲，就是虚空之美的召唤吧。

遇见乌鸫雏鸟

这两日刮起大风，马路边，悬铃木、香樟和红叶李在风里使劲摇摆，树枝与树枝相碰，叶子翻过去又翻过来，“哗——哗——哗——”。风吹树叶的声音是一首骊歌，是在为即将告别的春天送行。

今早出门，香樟树下落了许多细树枝，铅笔一样长。“这可是斑鸠的巢材啊。”看见细树枝就想到斑鸠巢。斑鸠在我窗台筑巢的那几天，嘴里就衔着这样的细枝，一趟趟地搬运，垒在我用硬纸板给它们搭建的“宅基地”上。

细树枝也是松鸦喜欢的巢材。选好一棵大树作为巢址后，松鸦就开始寻找细树枝，一根一根衔回，在巢址上——通常是主干分叉处交错搭建，垒成半个篮球的形状，再衔来柔软的青苔和草茎垫进去。

四月初我在枫杨树上见到过完工的松鸦巢，后来树叶茂密起来，就看不清了。但我还是惦记着那只松鸦巢，经过枫杨树时会放慢脚步抬头看。

昨天上午经过那棵枫杨树，我照常放慢脚步，忽而听到几声干哑又怯生生的鸣叫。还没等我朝着鸣叫的方向走去，我就听到乌鸫发出的警报声“叽呀——叽呀——”，看来这里有乌鸫的雏鸟，那干哑又怯生生的鸣叫就是雏鸟发出的。

亲鸟的警报声并没有让雏鸟闭嘴，雏鸟仍然不明就里地鸣叫着。顺着声音，我很快就在乌桕树的枝丫上看到两只乌鸫雏鸟并排站立着。这是两只刚出巢的雏鸟，还没掌握飞翔的要领，也没有学会捕食，仍旧依赖于亲鸟喂养。

发出警报声的亲鸟就在旁边，见我发现了它的孩子们，着急起来，急促地尖叫，在两棵树之间来回飞着。尖叫声唤来另一只亲鸟，它弄明白了情形，落到我身边，蹦跳，扑腾，企图转移我的注意力。而当我走近它，它就向另一边飞开一点，继续扑腾，它是想用这种方式把我从雏鸟身边引开。

两只雏鸟似乎接收到了危险信号，安静下来，它们仍旧站在乌桕树上，你看看我，我看看你，天真又无辜的样子。

雏鸟出巢后就不再回到巢里，它们会跟在亲鸟后面，在亲鸟的带领下学习飞翔、觅食和躲避危险的生存技能。

往年五月初，走在路上，常看见乌鸫一家子在草地上散步，一只亲鸟在前，一只亲鸟在后，将雏鸟守护在中间，走在前面的亲鸟会用爪子拍拍地面，跳起来，喙啄向地面，拖出还在扭动的蚯蚓，雏鸟见状赶上去，嘴里发出迫不及待的乞食声。

亲鸟并不会马上把蚯蚓喂给雏鸟，它向低处的灌木飞去，雏鸟跟着飞过去，姿态有些笨拙。亲鸟又往另一棵树飞去，这棵树看起来有点高，雏鸟迟疑片刻，还是飞了过去，落在亲鸟身边，把头伸向亲鸟，拍着稚嫩的翅膀，张大着嘴，这回亲鸟总算没有再飞走，把蚯蚓喂给了雏鸟。

刚出巢的乌鸫雏鸟，它们还需要亲鸟的投喂

当亲鸟觉得雏鸟可以独立生存的时候，就不再守在身边，而是故意躲开，让雏鸟看不见。起初雏鸟会惊慌失措，鸣叫不息，向亲鸟发出呼唤，若是发现了亲鸟的身影，就赶紧飞过去，这时亲鸟会显得异常冷漠，继续向前飞，看样子是下定决心要摆脱雏鸟。

刚出巢的雏鸟很容易成为猛禽的猎物。这一带的猛禽可不少，黑鸢、红隼、领鸺鹠，还有看起来俊美的棕背伯劳，毫无抵抗能力的雏鸟若是遇到了它们，十有八九难以逃脱。这是没办法的事，自然法则就是这么安排的，每一种鸟都有它们的食物和生存下去的机会，每一种鸟也都有它们的天敌。

为了让亲鸟安心，我离开了乌鸫雏鸟站立的乌桕树，继续向前走。那对亲鸟见我离开，也就停止了尖叫和扑腾，世界在这一刻安静下来。而在我看不见的地方，在那些被大风弯来折去的树梢上，在河流和田野的深处，又有多少雏鸟此刻正经历出巢即成为猎物的遭遇。

天空之战

刚走到河边，我就看见天空中上演的一场战争。

起先听到的声音，尖锐、急促，是灰头麦鸡拉响的警报。灰头麦鸡惯于虚张声势，从春初到春末，只要出门走在田边河畔，就能听到它神经质的呼号回荡在头顶，像是一个人在不停地喊着："狼来了，狼来了！"听得太多我也就不以为意了。

不过这次似乎有点不同，不只是警报，更像是战斗的号角，是冲锋陷阵的呐喊。

我抬头看了一眼，哟嚯，还真是"狼来了"。在河流上空，那发出呐喊的灰头麦鸡正冲向一只黑鸢。不得了，灰头麦鸡居然敢向猛禽发起挑战。

从体形上看，黑鸢显然是占着优势的，再加上天生具有的战斗实力和阴鸷气质，根本不把灰头麦鸡放在眼里。但这只黑鸢此时似乎没有应战的意思，反倒向后退让着。

灰头麦鸡不肯罢休，依旧气势汹汹，连声嘶叫，再次冲向黑鸢。

黑鸢抵抗了一下，还是没有反击。如果它反击会有怎样的结果？黑鸢有锋利的爪子和可以轻易撕破猎物的钩状喙，这使一切小型鸟类避之唯恐不及。

灰头麦鸡有什么呢？作为麦鸡属，它拥有的就是翅膀弯曲处的尖锐突出部，那是它用于格斗的武器。而在黑鸢面前，这武器的威力实在不算什么。

对了，灰头麦鸡还拥有一副不好惹的暴脾气和尖锐至极的“狮吼功”，一切靠近它的外来者，包括人类，都会成为它“狮吼功”暴击的对象。以攻为守，先声夺人，不管打得过打不过，先在气势上镇住对方——这就是灰头麦鸡一贯的战术。

黑鸢在遭到灰头麦鸡的冲撞后，没有回击，也没有马上离开，仍旧徐徐盘旋。原来这只黑鸢是盯上了灰头麦鸡的蛋（或者幼雏），瞅着空要俯冲下去捕获。

灰头麦鸡之所以这么神经质，时刻处于紧张的防御状态，不是没有原因的，它要保护自己的孩子，而它们就在露天地，毫无遮挡。也是因为灰头麦鸡在筑巢这件事上的本领太弱，它的巢不过是田间一小堆草。灰头麦鸡甚至直接把蛋下在河滩凹地里，对于飞在空中有着锐利眼神的黑鸢来说，这简直就是摆在餐桌上的菜。

两只灰头麦鸡并肩作战，驱赶入侵者

黑鸢，鹰科，中型猛禽，善于捕猎

灰头麦鸡的孵化期有一个月。这一个月里，雌鸟和雄鸟轮换着孵蛋。当有入侵者靠近，孵蛋的灰头麦鸡不得不飞起来驱赶，或者以尖叫声唤来它的伴侣，共同赶走入侵者。

灰头麦鸡的幼雏是早成鸟，出壳后就能走路，跌跌撞撞地奔跑。只是在这露天地，奔跑的雏鸟更容易成为猛禽的目标，灰头麦鸡的护雏之心也就更为急切。

灰头麦鸡看似强悍的作风，不过是对弱点的遮掩。或许一切看似强悍的东西，都有其不堪一击的软肋。

黑鸢的目标不是灰头麦鸡，而是裸露在河滩里的蛋或幼雏，也就不想多费力气与之交战。而灰头麦鸡尽管不是黑鸢的对手，还是一次次地冲上去，纠缠住黑鸢，以拼死状阻拦黑鸢的掠食。

灰头麦鸡战斗的号角召来了它的伴侣。另一只灰头麦鸡闻声飞过来，呼号着，冲向黑鸢。当两只灰头麦鸡并肩作战，黑鸢就显出它的慌乱来，左右躲避，随后离开了灰头麦鸡的领域，向着远处的山间飞去。

在这个回合里，灰头麦鸡算是赢了，尖锐的号角暂时停息，不过危险并未消除，因为远处又有两只黑鸢的影子。

我没有继续待在原地观看接下来的情形。立夏将至，头顶的太阳已然灼热，露天地里站个片刻人就眼冒火花。当两只黑鸢的影子掠过我头顶，灰头麦鸡的警报声又在身后拉响，看样子又一场天空之战不可避免。

窗台乐队

下午三点半，领雀嘴鹎又来串门了。

前两次来也是这个时辰，一伙儿八九只，差不多算得上一个小型旅游团，叽里呱啦聊着天飞过来，两三只落在红叶李树上，两三只落在阳台雨篷顶，卧室防盗窗上也落了两三只。

不知它们可曾看见我。我盘腿坐在阳台沙发上，手里捧着书，身边放着一盘哈密瓜。

有客人来串门，总得拿出点东西招待一下，要不把哈密瓜端出去，对它们说：你们过来玩我太高兴了，这瓜刚切开的，请随意享用，别客气。但我不敢动，怕一动它们就飞走了。

落在红叶李树上的领雀嘴鹎开始在树上找吃的。阳台外的这几棵红叶李树今年少有果子。去年初夏，红叶李树被小区物业砍去一半枝丫，大约是伤了元气。今年开春，只有留下来的几根老枝开了花，新抽出来的枝条默哑默哑的，一朵花也没有，直到红如花蕾的叶子长出来才算恢复了生气。

领雀嘴鹎在树上翻寻了一会儿，东啄啄西啄啄，没有什么收获，也飞到窗台上去了，五六只领雀嘴鹎，各把着一根窗栏，也不知是被什么触动了，它们放开歌喉，开始了一场即兴的小型歌会。

喂，这可是人的居所啊，你们就这么钻进窗子大唱特唱，也不怕吵着人家，不怕人家来轰你们。我心里这么想着，身体还是一动不动，假装屋里没有人。我当然不怕吵，无论什么鸟都吵不着我，更不会被我轰走。我其实是有些受宠若惊，这个小区那么多人家，那么多窗子，领雀嘴鹎偏就选中了我家来串门，拉开场子开起演唱会，这是多么大的信任与荣光。

认识领雀嘴鹎是去年的事。夏初时节，在小区里，经过一户人家院子门口，看见两只橄榄绿色翅膀的鸟追逐着从眼前飞过。羽毛这么鲜亮，是什么鸟呢？我慢慢走过去，靠近了看，两只鸟正立在院墙篱笆上，其中一只伸长脖颈，将捕到的虫子递过去，喂给另一只，而另一只也伸过头来，乖顺地接过虫子。两个鸟喙相触的瞬间，我按下了手中相机的快门。

无论鸟兽还是人类，有爱的场景总是动人的，哪怕一个喂食的小动作。

领雀嘴鹎，橄榄绿色翅膀，鸣声婉转

也是在那个瞬间，我看清了它们的头部与脖子的羽毛是黑色的，前颈有一圈白色颈环，嘴粗而短，上嘴略向下弯曲——这样的喙显示出它们的食性，除了昆虫，也偏爱野果。

知道它们的名字叫领雀嘴鹎后，我就经常能看见它们，小区里能见到，散步的路上能见到，村边菜园里更是常见。它们把头扎进菜园里觅食，人走过来也不管，一副小泼皮无赖的样子，倒也有趣。

窗台上的领雀嘴鹎唱得好不热闹，真把这儿当成它们的领地了，有一只像是在给同伴打拍子，不停地用嘴啄着窗栏，“哒哒哒，哒哒哒”。这配合还真是挺默契的，可以组一个乐队出道了。

组乐队得有名字，叫什么好呢？对了，就叫窗台乐队吧。

唱了七八分钟，雨篷上的领雀嘴鹎呼啦啦飞起来，窗台上的领雀嘴鹎也跟着飞起来，又一起叽里呱啦聊着天离开，仿佛在说：“走啦走啦，这里真不错，明天再来。”

经过阳台的时候，有两只领雀嘴鹎分明朝我看了一眼。嘿，莫非你们知道我就在阳台，特意上门唱歌给我听吗？

电线杆、稻田与鸟儿

我日常散步的路边有片稻田，稻田里竖着一溜电线杆。对稻田摄影爱好者来说，这些电线杆可真是戳眼睛。

搬到这里居住的头两年，我就是个疯狂的稻田摄影爱好者，从夏初的育秧季到秋后的收割季，每日晨昏，只要不下暴雨，准会走到稻田旁边，举起手里的相机，选角度取景。只是无论怎么取景，都避不开稻田里的电线杆与电线，横一道竖一道，实在煞风景。

避不开就不避了，现实中存在的事物，就算不美也不要回避它。再说我拍摄的目的不在风景，我是用拍摄的方式跟踪田间稻禾的生长，记录稻田一天天的变化。

拍摄稻田时，时常会有鸟儿闯入镜头，落在电线上，逗号一样蹲着（有时是双引号），无论晨昏，一律面朝稻田，凝神专注的模样像是在思考什么，又像心无旁骛般

黑卷尾，喜居于高大乔木或电线上，性躁好斗

地观赏着稻田风光。当它们突然起身，扑向稻田，又以极快的速度飞起，嘴里衔着昆虫返回到电线上，我这才明白，原来鸟儿选择这个高度和视角，是为了更清晰地搜寻稻田里的猎物。

对鸟儿来说，有一片稻田在眼皮底下，就有食之不尽的美味。而电线杆和电线就为它们提供了落脚俯瞰的便利。

喜欢蹲电线的鸟有珠颈斑鸠、乌鸫、棕背伯劳和椋鸟。这其中又以珠颈斑鸠为甚，一年到头都能在电线上见到它们的身影，冬天也不例外，像村里的老人蹲在墙根的太阳地里，有一种无所事事的悠闲。

也有一种鸟，只在特定季节出现在稻田上空的电线上。第一次看见它时我并不认得，以为是乌鸫，不怪我眼拙，只因这种鸟和乌鸫有着共同的着装品位，只穿黑色长外套，从头到尾一黑到底。稍加留意，我就看出了这只鸟与乌鸫的区别，这只鸟穿的可不是普通黑外套，而是黑色泛蓝且有金属光泽的鱼尾裙，裙摆向上微卷，裁剪颇为洋气。

在黑色系的鸟里，这只鸟可算是黑得纯粹，就连喙也是黑色的，脚爪也是黑色的。是什么鸟呢？正当我困惑不解时，碰巧在一位鸟类爱好者的微博里看见了图片，图片上注了鸟的名字：黑卷尾。

图片是这位鸟类爱好者头一天拍摄的。他的居住地在杭州，离我居住的黄山不远。两地气候接近，栖居的鸟类大致相同，从他的微博里，我认识了很多本地也能看见的鸟。

感谢这位先生，让我认识的鸟邻里又多了一个名字。黑卷尾，可真是名副其实，再也没有比这更恰当的名字了。“黑”是它的颜色，“卷尾”是它区别于其他鸟的特征。

黑卷尾是春末出现的，当一对黑卷尾相随着飞过河流上空，飞进对岸的林子，林子里很快就传出争斗的声音，一阵粗嘎刺耳的鸣叫过后，便飞出一只红嘴蓝鹊，或者是一只棕背伯劳，带着战败者的神情离开了林子。

黑卷尾这是在为自己争夺地盘呢，它们来得迟，要

电线杆、稻田与鸟儿

想占领地盘就得把之前的领地占据者赶走。这需要一股子不畏对手的狠劲，也需要过硬的实力。黑卷尾两者兼备，因为它选择的对手——红嘴蓝鹊和棕背伯劳都不是好惹的鸟，敢与之为敌就已经是勇者了。

黑卷尾的出现总是伴随着打斗的场面，要么与林子里别的鸟打，要么与自己的同类打，边打边飞，嘴里发出聒噪的声音，与它们的着装打扮真是不符。要知道它们穿的可是鱼尾裙啊，只有举止端庄才配得上这样的衣品。

黑卷尾蹲在电线上的时候就安静多了，一安静，也就有了优雅的气质，长长的卷尾拖在身后，有型有款。

黑卷尾捕食的姿态也很别致，笔直地落下去，在稻田里划一个 U 形弧线，又笔直地飞升上来，落在原来的位置。当电线上同时落着几只鸟，就像是一条河岸线上蹲坐着几位垂钓者，彼此保持着适当的距离，互不干扰，全神贯注于钓竿的另一端。这个时候，鸟儿们之间已没有了敌意，它们的注意力不在对方身上，而在稻田里。它们脚下紧抓的电线就是它们共同的生命线。

站在鸟儿的立场，就不再厌恶那些立在稻田里的电线杆了。愿电线杆能长久立在这里，如同稻田和鸟儿的卫兵。愿它们成为乡村的风景，而不被钢筋水泥的建筑代替。

斑嘴鸭的栖息地

立夏后天亮得早，我六点半出门，一脚踏进四处流淌的太阳光里。

稻田间，几天前插下的秧苗从东倒西歪变得直挺，盈盈含着绿光。刚翻耕还没有插秧的田泥黝黑发亮，像刚出笼的黑米糕堆叠在那儿，简直想捧起一块来吃。

有两只斑嘴鸭摇摆身躯，在秧田里慢腾腾地闲逛，见我走过，也没有飞起避开的意思。放在两年前，我定以为那是家养的麻鸭，而现在，即使它们表现得很低调，一副“我们只是普通家鸭”的笨拙样子，我也能一眼识破。嘿，别装了，家鸭可没有你们这样漂亮的羽色。

斑嘴鸭是家鸭的祖先。很久以前，人类将捕获的斑嘴鸭关进笼子，开始驯养，让它们在有限的空间里活动，定时投喂食物。慢慢地，笼子里的斑嘴鸭就丧失了飞翔的能力。把它们从笼子里赶出去，放到野外，它们也不会飞，只会在低处扑腾几下，天将黑时，自己排着队又摇摇摆摆回到笼子里。

翅膀的退化，使得家鸭与斑嘴鸭在外貌上也有了区别。斑嘴鸭的副翼羽上有一抹晴朗天空的金属蓝，飞起时两翼羽色甚是惊艳。而家鸭，因为远离了天空，也就不再拥有这样的颜色。

我认识斑嘴鸭是两年前，在浦溪河大桥上，起初以为河里浮游的是一群家鸭。当我把相机镜头对准它们，准备拍摄一张名为“浦溪水暖鸭先知”的图片时，却见它们纷纷离开水面，翅膀掠着水花，大叫着飞起，一行七八只，向着远处的山间飞去，我惊得下巴都掉了。

自那以后，我成了斑嘴鸭的追随者，走到河边就下意识地搜寻它们。如果长时间看不到，心里会不安，担心它们被人捕猎，直到再次看见，心里才安定。

斑嘴鸭是候鸟，三月从南方越冬地北迁，四月初到达东北东部和北部，到了十月，又从东北迁往南方越冬地。在候鸟春秋两季的迁徙期，浦溪河的斑嘴鸭和白鹭会突然增多，在天空排列成行，或集结成大部队栖息在河滩上。有大半个月，夜夜能听见它们从天空传递给同伴的鸣叫。

也有一些候鸟，也许是因为年老体弱，或是留恋这里的水土与植被，就留了下来，长年栖居于此。改造后的浦溪河有一片湿地区域，是特意为鸟类提供的栖息地，斑嘴鸭很快就接收到了本地人的善意，这两年留下来定

斑嘴鸭的副翼羽上有一抹晴朗天空的金属蓝

居的斑嘴鸭明显多起来，在原本是“千山鸟飞绝”的隆冬，也能看见斑嘴鸭三五成群，穿过村庄、田野，飞往山间。

稻田里的斑嘴鸭是一对儿。这个时候出没的斑嘴鸭很少落单，都是成双结对的，在河里游着的时候是一对儿，在天空飞着的时候是一对儿，绕着圈儿飞，边飞边叫，像是在举行一种仪式，向亲友宣告它们的婚礼。

稻田里这对斑嘴鸭的晨间漫步很快就遭到了干扰——不，是驱逐。

驱逐它们的是灰头麦鸡，也是一对儿，尖叫着从空中俯冲下来，直扑向它们。看来这里原本是灰头麦鸡的领地，斑嘴鸭的到来（虽然只是无所事事地闲逛），对领地意识极强的灰头麦鸡来说也是一种入侵。

“好吧，别赶，我们走，我们走。”天性憨厚的斑嘴鸭没有对抗，连声大叫着飞走，起飞的姿势有些踉跄。

斑嘴鸭飞走了，灰头麦鸡也就安静下来，落在田埂上，以守护者的姿态站立着。

在田埂的另一边，有灰头麦鸡的幼雏正在奔跑，黑毛绒球一样滚来滚去，很快又消失在阳光之手抚摸着的草丛里。

小䴙䴘的颤音

近半个月，清晨和傍晚走到浦溪河边，远远就能听到酷似哨笛发出来的悠长颤音，一声落下，一声响起，贴着水面跌宕滑行，带着轻微的惆怅与恳切之意，让听见的人瞬间出神。

小䴙䴘就是发出这悠长颤音的潜鸟。在知晓它的大名前，我一直叫它“小水鸭”——本地人习惯这么叫它，误以为它是尚未成年的水鸭子。

也有人把它错认作鸳鸯。鸳鸯是一对一对的，小䴙䴘在春末夏初的繁殖期也是一对一对的，脖颈有着鲜亮的栗红色，打眼看去甚是悦目。

小䴙䴘喜静，常待在池塘与河流静谧的水面，一动不动地浮着，发现被人盯上了，就把脑袋往水里一扎，身子也跟着扎进去，在水面留下一圈水花和不停扩散的

小鸊鷉，善潜水，常待在池塘与河流静谧的水面

波纹。它的同伴见状，也跟着一个猛子扎到水下，就地消失。

害羞的小家伙，让人盯着看会很不自在吧。

待水面平静，小䴙䴘又悄无声息地冒了出来，冒出一只，再冒出一只，葫芦一样浮着，小小的身体随着水波微微起伏。若你继续盯着看，它就又一个猛子扎进水底，过会儿再浮起来，如此三番，像是和你玩躲猫猫游戏的孩童，一会儿让你看见，一会儿让你看不见。

小䴙䴘是浦溪河的常住居民，四季都在，春夏季节成对出没，在水面追逐嬉戏，在水草中间营巢育雏。到了冬天，小䴙䴘就过上了集体的生活，一群七八只或十几只，安静地浮在河面，顺着水流缓缓飘动，悠游自在。

小䴙䴘善于潜泳，却不善于飞翔。它们有翅膀，但翅膀不能把它们带到天上，顶多是“凌波微步”般在低空疾驰而去，踏得水花四溅。不能飞翔是潜鸟共同的短板。有长处就会有短板，此消彼长也是生命能量的守恒定律吧。

在鸟界，小䴙䴘的潜泳技术可谓一绝，让它得以躲避来自天空猛禽利爪的威胁，也让它能自由出入水下的秘境——这可是天空飞禽无法抵达的。

小䴙䴘的食堂就在水下，水里的昆虫、鱼虾就是它的盘中美味。当然，想吃到美味也并非那么容易，也有潜水半天啥也捕捉不到的时候。真的捕捉不到，它们就去河边找那嫩嫩的水草，吃点素的，调剂一下口味也不错。

小鹮鹛的鸣叫虽有哨笛的音色，但韵律还是单调了一点，没有变化，只是一个拖长了的颤音，实在不能用优美来形容。但我每次听到，还是会放慢脚步，心里生出“却是旧时相识”的怅惘，仿佛那是一声穿越时空的呼唤，来自久远的过去。

“屠夫鸟”棕背伯劳

初夏是幼鸟的出巢季，这时节走在林荫道上，总会遇见亲鸟领着它的孩子练习飞翔和捕食的场景。

幼鸟的模样容易辨认，虽说体格已和亲鸟不相上下，神情却是呆萌的，对危险的事物也不会避让。

今晨在路上我两次遇见刚出巢的幼鸟，一次是远东山雀的幼鸟，一次是银喉长尾山雀的幼鸟。幼鸟跟在亲鸟后面笨拙地飞着，“吱吱、吱吱”，用撒娇般的鸣叫向亲鸟乞食。见我走过来，亲鸟发出报警般的鸣叫声，拍拍翅膀飞到远处的树枝上，幼鸟却没有跟着飞去，在原地看着我，又看看左右，一副不知道发生了什么的懵懂样子。都说“初生牛犊不怕虎”，初生的鸟也是如此，并非胆子大，而是对丛林世界的残酷尚未认知，不晓得害怕。

小朋友，别在这发呆了，快去找妈妈！

这段路可是棕背伯劳的领地，是它日常活动的地方，我路过这里的时候总会见到它，神出鬼没的，如果此时棕背伯劳飞过来，幼鸟可就遭殃了。当然，有我在这儿站着，棕背伯劳不会马上飞过来，它会在一旁等待，等着人离开，再扑向那毫无抵抗能力的猎物。

昨天，也是在这条路上，就有一只雏鸟成了棕背伯劳的猎物。当棕背伯劳飞过我头顶时，我正端着相机从一丛蔷薇跟前站起来，眼角瞄见棕背伯劳那棕黄色的羽翼如一束光射过去，落在不远处的树枝上。

早就听闻过棕背伯劳有鸟界小屠夫的名声，但我对它并无恶感，出于摄影爱好者的审美，还挺喜欢它的。棕背伯劳很上镜，站立时长长的尾翼笔直垂落，简直就是“背影杀”。棕背伯劳大约也意识到了自己的外貌有些惹眼，与那些担心被人认出来的明星一样，特意戴了副墨镜，让乌溜溜的黑眼珠子隐藏在墨镜后面。但这没有遮挡住它的光彩，反倒增添了一股有点邪气的酷劲儿。

我喜欢棕背伯劳，还因为它有着可以与乌鸫媲美的歌喉。

和乌鸫一样，伯劳也是鸟界的模仿歌手，可以模仿它听到的每一种鸟鸣，把这些鸟鸣连接起来，变成一首长长的串烧歌曲。不过论音色的纯度和亮度，伯劳还是略逊于乌鸫。伯劳的声音里有一种杂音，如同老式收音机里的电流声，每一声仿唱后面总带着自己原本的腔调，

棕背伯劳，鸟界的模仿歌手，多单独活动

听起来就像脱不掉方言尾音的碎碎念，也算是一种风格吧。

从春暖之后到夏初光景，路上常能听到棕背伯劳的碎碎念。棕背伯劳喜欢待在开阔的田间平地，站在一根稍高的树枝上，或者一根光秃秃的竹丫子上，它想吸引雌鸟的目光，“看我唱得多么好，快来我的身边吧”。

棕背伯劳的歌唱并不能很快就吸引来它的伴侣，总之我没有看到过出双入对的棕背伯劳。我看见的棕背伯劳像个独行侠，惯于独来独往。

那从我头顶飞过去的棕背伯劳嘴里似乎衔着什么，当它在树枝上停下，我就将相机移向它，拉长镜头，对准焦距。

我看见了什么呢？我看见棕背伯劳把一只雏鸟挂在树枝上，雏鸟的两翼向两边摊开，小小的脑袋向后垂去。从喙上看，那应该是尚未出巢的雏鸟，棕背伯劳将雏鸟的腹部面向自己，张开嘴，向雏鸟的腹部啄去，啄得羽毛乱飞，又细又白的幼羽轻飘飘飞在空中，沾在伯劳的头上、背上，落在碧绿的树叶上。

我就像电影里那类有偷窥癖的角色，不小心看到了一个作案现场，在心里“啊”地惊叫，不敢再看下去，但出于强迫症般的好奇心，仍然紧盯着罪犯的举动。

半分钟后，正在享用猎物的棕背伯劳发现了我的窥视，衔起猎物，飞到另一棵远离我目光的树上。当它张开嘴的刹那，我按下了快门，从镜头里我也看到了棕背伯劳的“凶器”，就在它的喙上部，是一个锋利的尖钩，可以轻易刺穿它的猎物。

从体形来看，棕背伯劳勉强算是中型鸟，与通常的猛禽相比，简直是小巫见大巫，外表又是“偶像派”的样子，想不到竟有这样凶残的一面。

不能以貌取鸟啊。从我眼见的场面来看，关于伯劳的“屠夫鸟”之说并非谣言，而是真实的。屠夫会把屠宰的牲畜挂在肉案的钩子上，伯劳也会把它的猎物挂在树枝上。

不过再怎么着也不能说它是“罪犯”，伯劳生来就具有肉食性，这是基因携带的特质，如果伯劳不这样捕获猎物，就会饿死，也早就从地球的生物链里消失了。

护雏

昨天又与那只棕背伯劳狭路相逢，还是在它日常活动的领地，也是我每日上下班的必经之途。

先是听到了幼鸟的叫声，我对这个时节的幼鸟鸣叫特别敏感，只要听到就会停下脚步，寻声找去。人类幼年的声音大致相似，鸟类也是如此，声音稚嫩，单音节，吵吵嚷嚷的，仅凭听觉很难识别鸟的种属，需要视觉上的辨认。

昨天听到的幼鸟鸣叫近在身旁，转过头就看见了幼鸟，有两只，一只在我跟前的树枝上，另一只挂在稍远的柳枝中间，荡来荡去打着秋千。

打秋千的那只一看就是顽皮的小家伙，沉浸在游戏的乐趣里，小小的翅膀不停扑扇，在太阳的照射下闪耀着光，嘴里发出拖长了音的“吱吱”声，像是在招呼它的小伙伴："太好玩了，快过来和我一起玩。"

跟前的这只幼鸟也"吱吱"叫着，蓬起胸前灰白色的幼羽，在原处拍打着翅膀，对自己的飞行能力似乎还没有把握。

幼鸟额头的羽毛为灰白色，眼周有一道黑，像是戴了副小型眼罩，上部的喙尖微微向下钩——这不就是伯劳的样子嘛，不用怀疑，定是伯劳的幼雏。就在这时，幼鸟的家长——棕背伯劳扑了过来，"啊——啊——啊"地大叫不止，声音响亮，尾音向上，做出很凶猛的样子，想将我驱逐出它的领地。

扑过来的棕背伯劳是雄鸟。棕背伯劳的雌鸟与雄鸟相差无几，微小的区别在于羽色，雄鸟的羽色更为明艳。两天前路上遇到的那只棕背伯劳也是雄鸟，想必就是这只。

想到这只棕背伯劳两天前曾捕食过别的雏鸟，我觉得有必要惩罚一下它，便故意站在它的幼鸟面前，伸出一只手来。棕背伯劳顿时陷入焦灼之中，在近旁的树枝上跳来跳去，上半身前倾，鹰钩状的嘴大张，做出攻击状，平常与身体保持水平线的长尾巴也竖了起来，左右摇摆。

以往看见棕背伯劳都是一副顾盼自雄的傲娇样，从没见它如此的焦急失态。可惜我手里没有相机，不然可以拍下它此时几近疯狂的神情。

棕背伯劳离开树枝，向我冲过来，若不是我手里有把遮阳伞，盾牌一样举着，还真没法躲它。棕背伯劳带

棕背伯劳带钩的喙是天生的利器

钩的喙是天生的利器，连田鼠和蛇蛙都逃脱不了，要是我的脑门挨上一啄，可不是好玩的事。

算了，不招惹你了，这条路上我们抬头不见低头见，若把你惹恼了，让你记恨在心，我迟早也没有好果子吃。

鸟类——尤其是智商较高的鸟，有着很好的记性，认得人，会记仇，若不小心得罪了它，出行的时候就会有从天而降的尴尬，遭遇空中流弹——鸟粪的袭击。

离开了棕背伯劳的幼鸟，我顺着树荫下的步行道往前走，走开很远后，还能听到棕背伯劳在后面"啊、啊"的叫骂声。

在幼鸟可以独自生活之前，亲鸟的神经都是紧绷的，担心稍不留神就让幼鸟受到伤害，哪怕有着"屠夫鸟"之名的棕背伯劳，也紧张到神经质。天下做父母的护起雏来都一样，就像宋朝诗人方逢辰在《鸡雏吟》里所写，"不顾力小大，直与争死生"，可真是操碎了心。

牛背鹭的田园

说起来好笑，两年前的春末，我在田间看见牛背鹭，理所当然地以为那是刚出巢的白鹭雏鸟，指着它对身旁的人说："看，白鹭的萌宝。"

也不怪我认错，春末夏初的牛背鹭像是披了一件小孩的黄斗篷。牛背鹭披着这件斗篷，站在覆满晨露的田野，有些怕冷似的发着呆，见到人走近也不飞起，一脸的稚气与无辜，简直想上前抱起来，用体温暖一暖它。

那件黄斗篷其实是牛背鹭的繁殖羽，是它在繁殖期时特有的装饰——黄色的冠羽，胸颈和背部中间的羽毛也是黄色的，披散着，太阳光一照，别提多神气。

当繁殖期过去，牛背鹭也就脱下了它的黄斗篷，回归到白色一族。

在我居所不远的地方有一座牛背山，山势低缓，似

牛背鹭，中型涉禽，栖息于池塘和水田间

一头水牛卧在田间。每年谷雨前后，牛背山就热闹起来，头一年秋天飞走的鹭群又飞回来了，白天在四周的田野觅食，到了日落的薄暮时分，就三五成群地飞回牛背山，落在高高的树枝上，大声鸣叫，为争夺地盘彼此打斗，也免不了争偶之战。

起初我不知道是鹭群发出的声音，傍晚散步经过这里，听到从山上传出的动静，像是婴儿的啼哭，又很嘈杂，不免疑惑，去山边的农户家询问后，才知晓原委。

“这牛背山到了春天就是这样，每棵树上都有鹭鸶鸟，夜夜叫，一直叫到夏末才消停。”农户淡淡地说着，脸上并没有抱怨的表情。

住在山间田边，夜里总是有声音的，不只是鹭鸣，还有蛙鸣，到了盛夏又是河流一样的虫鸣，还有知了的叫声，大雨一样密集，半夜里也时常突然响起。好在这些声音都是大自然的天籁，听惯了，也就不受其扰，反倒有种安心。

牛背山上不止有牛背鹭，还有白鹭、池鹭和夜鹭。相比之下，牛背鹭的家族要庞大一些。这里自古以来就是田畈，家家有耕牛，对喜欢与耕牛做伴的牛背鹭来说，就是它们天堂一样的老家。

现在是看不到那么多耕牛了，这几年，我只见到过三头黄牛、两头水牛，田也越来越少，种田的人更少。一种古老的生活方式正在消失，速度过于迅疾。真担心那些依赖田野生存的鸟类，在它们下一次到来时，会找不到落脚的地方。

有牛的地方就有牛背鹭，牛背鹭和牛可谓跨种族的世交故友。不知道还有什么样的友谊能像它们那样充满信任，彼此温柔以待。这种友谊也是建立在互相需要的基础上的——牛背鹭需要在牛背上觅食，那些让牛万分讨厌的牛蝇，恰好是牛背鹭的美味点心。有一身蛮力的牛，偏偏斗不过小小的牛蝇，好在有牛背鹭帮它收拾这些小吸血鬼，消解叮咬之苦。

除了牛蝇，牛背鹭也吃田间其他的昆虫。这些昆虫藏在草丛里，原本很难被看见，而牛走过来，一路啃食着绿草，躲藏其间的昆虫不得不惊飞起来。这时站在牛背上的牛背鹭就会落下，姿态轻盈优美，完全看不出是在掠食昆虫。

牛背鹭也吃田间的蚂蟥、青蛙和黄鳝，对鱼虾却没有兴趣，这是它和白鹭在食性上的区别，也因此，人们很少会在浦溪河里看见牛背鹭。

耕牛没有了，还有犁田机，对牛背鹭来说，这也是能够提供给它们美味佳肴的朋友，只是看起来模样有点怪，发出来的声音也有点吵。

去年和前年的翻耕季，我都拍摄到了比较壮观的鹭群场面。鹭群里有牛背鹭，也有白鹭和池鹭，四五十只，围着犁田机。犁田机翻出一片黝黑的田泥，鹭群就飞过去，大快朵颐。当犁田机掉过头时，鹭群又一哄而起，飞到空中，避开犁田机的冲撞，场面如同一幕田野喜剧，让看的人也跟着开心起来，想为鹭群和犁田机的精彩表演喝彩。

今年不知为何，到现在还没有看到这样的剧情上演。昨天和今天倒是见到了几只牛背鹭，这也是我今年第一次见到，有七八只在还没有翻耕的田里低头觅食。

无论如何，我看见了它们，这就让我安心了，虽然数量不及往年。

但愿明天会遇到更多的牛背鹭。但愿它们对这片故土依旧眷恋，也愿这片仅有的田园能为它们留存。

同一屋檐下

卧室窗台上，珠颈斑鸠开始今年的第二轮抱窝。

第一窝斑鸠幼鸟出巢是四月中下旬。幼鸟出巢后，我把它们的旧巢清理掉，端来清水，将窗栏洗刷干净，隔天又找了个大号牛皮纸信封，在里面装上几张报纸增加厚度，搁到窗台上，用细麻绳固定住。对于我这个居所的主人来说，能做的就是这么多了，这是一种邀请的态度，不言自明，相信珠颈斑鸠也能心领神会。

去年在这窗台上，我以这种方式邀来斑鸠夫妇两度入住，它们繁殖了两窝幼雏。今年春天，当斑鸠夫妇再次选择这个窗台做婚房时，我已不像去年那样诚惶诚恐，生怕做错什么惊走斑鸠，又忍不住好奇地时时窥探。

不过度关注就好，把它们当作居所的成员，用平常心对待就好。在这个屋檐下我们是一期一会的近邻，聚与散都顺其自然就好。

今年在这窗台落户的珠颈斑鸠是不是去年的那对？不知道。立夏后来窗台抱窝的斑鸠夫妇是不是春天那对？也不知道。以我的判断，它们应该是同一对儿。对斑鸠夫妇来说，这窗台已是它们的领地。

没有一个国王会轻易放弃江山。鸟儿也是这样，不会轻易放弃领地。

第一窝小斑鸠出巢后，就待在阳台对面的大香樟树上，亲鸟也没走远，隔会儿就飞过去，喙张开，吐出鸽乳哺喂小斑鸠。当小斑鸠的喙插进亲鸟的喙，使出“吃奶的力气”吸食鸽乳时，似乎将亲鸟的五脏六腑也吸食了出来。

半个月后，亲鸟才彻底离开它的孩子，让小斑鸠凭自己的能力去野地觅食，在大自然中求生存。

在小斑鸠出巢后的这段时间，斑鸠夫妇偶尔也会飞回来，在窗子上站一会儿，看看我铺垫的牛皮纸信封，又不声不响飞走。那神情，仿佛是在视察自己的领地是否安好，如果被侵占，就得用武力争夺回来。珠颈斑鸠实在是友善的鸟，换作是人，就是“没脾气的老实人”那一类，即便是争夺领地的打斗，也不过象征性地用翅膀互扑几下，不会伤筋动骨。

直到一周前，珠颈斑鸠才真正开始今年第二轮的营巢——衔来细树枝，在牛皮纸信封上围成碟子的形状。斑鸠的营巢技艺实在不敢恭维，但过程不可或缺。营巢

繁殖期的珠颈斑鸠，常成对出入

是一种仪式，有齐心合力共建家园的意思，这个过程显然加深了斑鸠夫妇的亲密程度。

斑鸠夫妇开始营巢的那天傍晚，忽然刮起狂风，空中电闪雷鸣，地上树木狂舞，几乎到了要折断的地步。好在我已在屋子里（前十分钟还在田间拍摄插秧的情景），坐在阳台上，看着大自然上演的如同莎士比亚戏剧《暴风雨》中的情景，内心宁静又安然。

我喜欢这样的宁静，在风暴面前笃定的宁静，不再像多年以前，每当此景就觉得恐惧，想找个洞穴躲进去。在这世上，有一个屋檐可以让我躲避风雨就足够了，即使屋檐很小，能装得下我就足够了。

又一道闪电撕裂云层，就在这时，我看见了阳台外的香樟树上，斑鸠夫妇正在枝丫上并排蹲着，双足抓紧枝干，身体随着树身的剧烈摇摆颠簸着。

开始孵蛋之前，珠颈斑鸠仍然把阳台外的香樟树当作它们的家，天黑就蹲在树上，大风大雨的天气也蹲在树上。对它们来说，那棵树就是它们的屋檐，能给它们安全感。

我的窗台只是珠颈斑鸠繁殖期的驿站，并不是它们真正的家。鸟儿的家永远在大自然中，它们与人类在同一屋檐下短暂共处的日子，是送给人类的礼物。这件礼物上写着“信任”，也写着“安宁”。

失去巢穴的水禽

连续几天的雷暴雨，浦溪河浑浊起来，河中间的草滩不见了，翻滚的水流轻易就吞没了它们。

那些小绿洲样的草滩是水禽的营巢地。一周前经过这里，我曾看到小䴙䴘和黑水鸡忙碌的身影，它们嘴里衔着从岸边捡拾的巢材——一根细树枝或一截苇草叶子——游向草滩，搭建好了再游出来，继续寻找巢材。

如果要在鸟界评比好邻居，我会把票投给小䴙䴘和黑水鸡。小䴙䴘和黑水鸡堪称睦邻友好的典范，友好到甚至模糊了边界，以至于有一段时间，我分不清它们谁是谁，把游在黑水鸡身旁的小䴙䴘错认为黑水鸡的幼雏，把贴着水面疾驰的黑水鸡认作小䴙䴘。

黑水鸡的生活习性与小䴙䴘相似，喜欢在安静又隐蔽的河流草泽出没，吃水生昆虫、软体动物，也吃水草

用细树枝和苇草叶子筑巢的黑水鸡

黑水鸡和小䴙䴘，堪称睦邻友好的典范

的新叶嫩芽，和小鸊鷉一样是天生的潜水高手，遇到危险就往水里一扎，只把鼻孔露出水面，或者潜泳到近处有水草或蒲苇的地方。水草和蒲苇是水禽的天然庇护所，将它们与险情隔离，隐藏起来。

每个生命都需要有一处庇护所，人也一样。在这不可预测的浮世，一个人要想获得安宁的生活，就要找到自己的庇护所，如果没找到，就在精神里建造一处庇护所，随身携带。建造在精神里的庇护所是最可靠的，无论身外世界如何动荡也不会被摧毁。

这两位好邻居外形的区别还是很大的。黑水鸡就像它的名字，尤其是离开水域在陆地活动时，体态与鸡没什么两样，只不过更为纤巧。黑水鸡通体黑褐，像披着修道服，这是大自然赋予它的保护色。在这一片暗色调中，也有个性鲜明的标记，那就是黑水鸡红色的额甲与黄色的喙，鲜艳又不张扬，堪称点睛之笔。黑水鸡的腿上部也有一圈红色环带，涉水时甚是醒目，像佩戴了一件珊瑚红的首饰。

游泳的时候黑水鸡就不那么像鸡了，更接近鸭科动物——尾部上翘，覆羽两侧的白羽也露了出来，像穿着的白色内衬露出来一点点边角。这家伙，看着朴素，其实很善于在细节上修饰自己。

一周前，见黑水鸡和小鸊鷉这对好邻居在河中间的草滩营巢，就隐隐为之担忧，天气预报说未来几天将有极端天气，这时候把巢筑在河里可不是明智之举。去年就有过这样的事，也是在浦溪河中间的草滩，两位好邻居的营巢工程刚结束不久，暴雨倏忽而至，连降三天，性情温和的浦溪河在迅速的膨胀里变成魔兽，咆哮着横冲直撞。作为水禽，黑水鸡和小䴙䴘这时候能做的，就是在被洪水席卷之前赶紧逃生。

这对好邻居也真是不长记性，去年已经吃过亏，今年还重复这样的错误，又白忙乎了一场。

立夏就要过去，小满将至，但愿雨水早日停歇。失去巢穴的水禽需要好天气，为一年一度的繁殖大业重新营巢。村庄的农民也需要好天气，来打理他们的庄稼——眼看着籽粒饱满的油菜还在雨水里泡着，真让人心焦，再不收割可就白种了。

野鸟池塘

早晨出门遇到邻居，她也准备去散步，看了一眼我手里提的相机，问道：“你每天都在这路上拍摄，拍些什么呢？”

“拍鸟，”我告诉她，“随身带相机，遇到鸟就拍下来。”

“饶村那边的池塘里有好多野鸟，还有野鸭子，前几天从那里经过看见一大群，飞起来特别好看。”

我知道邻居说的野鸭子是斑嘴鸭，她说的池塘我以前也去过，春天还在那里挖过野菜。

邻居又问起我的工作，问我是不是一个人住在这里。看来她对我颇为好奇，一个独来独往又缄默少语的人总是会引人好奇的。

在小区门口，邻居说她要去饶村，问我往哪边走，我说去浦溪河。道了“再见”后我心里一松，浦溪河与饶村是相反的方向，这样就不用和邻居一路走一路找话题聊天了。

邻居是那种朴实又热络的人，之前遇见也主动招呼过我几次，邀我同行，我并未接受这友好的邀请。我喜欢一个人漫无目的地行走。只有一个人走的时候，内心的声音才会出现，与自己对话；也只有一个人走，感官才会全然向自然打开，专注又敏锐，能听见噪声之外的鸟鸣。

到了傍晚，再出门时，心里有个声音说：为什么不去邻居提起的池塘看看，有很久没去过那边了。

饶村在我居所的东边，刚搬到这里的头两年，只要想出门走一走，很自然地我就会朝着饶村的方向。这两年却几乎没有再往东边走过，每日晨昏散步的路线都在浦溪河（浦溪河在居所西边）。

我很容易受惯性驱使，习惯了走一条路，日常散步就总是走在这条路上，这一点和鸟儿一样。鸟儿的活动范围大多在它的领地之内，对领地的熟悉能给鸟儿带来安全感。

选择走哪一条路，也不完全是习惯驱使，还有潜藏于内心的需要。当我走在路口，选择要去的方向时，内心会替我做出选择：避开喧闹嘈杂，走那条更安静、更少人走的路。

往饶村方向的公路边停着搅拌车和挖掘机。有搅拌车和挖掘机的地方就意味着有工地，而工地对我来说就是制造噪声的场所。心里略一迟疑，我还是走了过去。如今想要走一条毫无噪声的路可不那么容易，除非走到深山里去。

在公路上走了二十分钟，快到饶村时有一个岔道口，往里走上五十米，就能看见池塘了。

快要走到池塘边时我听到了“嘎嘎”的叫声，果真有斑嘴鸭在这里，打开相机，往前走两步，看见了，有五只，距离我不过十米。斑嘴鸭也看见了我，离开水面飞起来，而我也不失时机地把镜头对准它们，拍下了斑嘴鸭漂亮的起飞瞬间。

池塘里的水清凌凌，一只黑水鸡在水面游着，见到人也没怎么慌张，只是加快了速度。几只小鸊鷉浮在水面，看见我，也没有像惯常那样“咚”的一下潜到水底，而是聚集到一起，再往另一边的蒲苇丛游去。

初夏是小鸊鷉一年中最为美艳的辰光，在水面光线的折射下，两颊和脖颈栗红的羽毛熠熠生辉，像是抹上了一种特别的油膏。

抱歉，打扰了你们的安静，如果你们两年前就住在这儿，应该还认得我，那时我常来这边的。

两年前我最后一次来这里，看见路两边堆满了垃圾，大多是建筑垃圾，也有废旧家具和说不出名目的种种，几只流浪狗在里面撒欢，把这里当成了它们的游乐场（这就是我之后不再来池塘的原因）。是谁干的呢？把垃圾堆在这儿，不就是往一件干净的衣服上泼污水吗？而我

小䴙䴘一家子

除繁殖期外，斑嘴鸭常成群活动

除了愤愤不平，捂着鼻子转身离开，也没做什么，甚至连拍张照片在博客曝光的勇气也没有。我就像只鸵鸟，看见不喜欢的只顾把头埋进沙堆。

现在的路面恢复了整洁，脏污已经去除，两只强脚树莺在看不见的前方起劲地对唱，吸引着我继续往里走。

斑嘴鸭在天空飞了几圈又回到池塘，落进对面的蒲苇丛。路上很安静，除了鸟鸣再也没有别的声音，也没有遇到人。我的心里涌起一股静谧的细泉。这条路又恢复成我喜欢的样子了，偏僻无人，可以让我和大自然无限接近，并引导我走进更深的自然。

栖鹭山

以斑嘴鸭在天空中飞行的视角看，那绕着池塘的道路就是一个S形。

被强脚树莺的鸣叫引着，我走到S的尽头，看见村子。两位老人在村口用方言说着什么，见我走进村，显出诧异的神情。不知从哪里跑出三只花狗，冲着我狂吠，简直要扑上来，大概许久没见过陌生人了。

“叫什么叫，不许叫！”

老人喝止了花狗们，我微笑着道谢。村子很小，有两间屋子已经塌了，剩半边屋墙，另几间屋子也透着长久不住人的荒寂。

村子中间的一户人家倒还整洁，房屋低小，院子却不小，院墙是用石头垒起的，墙角整齐地码着柴火垛，一群鸡在院子里啄食稻谷，“咯咯”的叫声给村子添了不少生气。

村里也有新筑的楼房，门锁着，门口长着一年蓬，显然屋主已很久没有回来过。

沿着村路继续往前走，绕过一片菜地，眼前的视野豁然打开，原来这个村子坐落在岭头，岭下是一亩亩水田，翠色缎带般向远处铺开。另一端是黄山北海的群峰，云雾缭绕其间，影影绰绰犹如神仙出没之境。

一行白鹭从远处的云雾山峰里飞出，向着水田这里飞来，嘴里的鸣叫声像是在喊："天不早了，回吧，回吧。"

我的目光跟随白鹭的翅膀，落在水田一侧的山间，这才发现那座山已停了很多鹭鸟，如同白玉兰花苞，一朵朵错落有致地端立在树上。

这不就是栖鹭山吗？

脑子里，一扇记忆之门豁然打开。怪不得刚才进村时有几分眼熟，仿佛以前来过。我确实来过，几年前跟随朋友的车从另一条路过来特意看白鹭的。

那时以为栖鹭山很远，原来就在这里，无意间走着走着就到了。

从岭头往下走五百米，栖鹭山完整地立在眼前。鹭鸟是"山林隐居者"，也是"田园诗人"，好安静，好闲逸，天生优雅，对栖息地的选择讲究又严苛，堪比环境鉴定专家。它们在春天到来时并不会急着筑巢，而是先在田野里静静勘探一番，确定有洁净的水源和足够的取食地之后，再筑巢于偏僻安静的山中。山上要有竹林、杂木林和松林，山下要有水田与湿地的环绕。

而栖鹭山正是这样的地方。

又飞来两支回归山林的鹭群纵队，一队是白鹭，一队是牛背鹭。它们落到树上时，引起一阵小小的骚动，树上原先落着的鹭张开翅膀，大叫着，驱赶晚到的鹭，对峙片刻后，晚到的鹭就绕到山背后的树上去了。

山腰间一棵树上的鹭鸟叫得格外厉害，有四五只挤在一起，吵吵嚷嚷，白色的翅膀不停扑腾，在它们旁边站立的几只鹭却很安静，仿佛已经习惯了这种吵闹，不受影响。起先我以为那些扑腾的鹭鸟是在打群架，后来看见一只披挂着繁殖羽的大白鹭站在它们中间，这才明白，原来那是一处鹭巢。叫个不停的是雏鹭，当大白鹭给雏鹭喂食时，雏鹭需要把长长的喙插进亲鸟的喙里，站立不稳，翅膀就免不了扑腾。

喂食结束，雏鹭们还是一个劲儿地啼叫，以彼此打闹为娱乐。大白鹭这时站到一边，安详地梳理起羽毛来，将垂挂在胸前和背后的美丽繁殖羽打开，抖动，闪耀出令人目眩的一团银光。

零星地，又飞回几只鹭鸟，翅膀是褐色的，没有长长的弯曲成S状的脖颈，喙也比白鹭粗短，是夜鹭。

夜鹭带着它鼓凸的嗉囊回到巢里，原先安静的夜鹭雏鸟大叫起来，伸长脖子向亲鸟乞食。原来这山上也栖息着很多夜鹭，几乎每棵树上都有，数量一点也不比白鹭少，只不过夜鹭的羽毛和环境色太接近了，不像白鹭

牛背鹭飞行时头缩到背上，身体呈驼背状

鹭鸟是“山林隐居者”，也是“田园诗人”

和牛背鹭，一眼就能看见。

当山上的雏鹭鸣声响成一片，还真是挺聒噪的，若是一个不明情况的人在天黑时经过这里，听到这些像小儿啼哭，又像猫咪叫唤的声响，定会头皮发麻，汗毛一根根从手臂上直立起来。

成年鹭鸟白天在周围的山间田野里活动觅食，傍晚时分，就披着余晖和暮色从四面八方回到栖鹭山。栖鹭山是鹭鸟的大本营，也是它们的小王国。它们世代栖息在这座山上，在这里繁衍后代，是对这一方田园山林的信任与依赖，也是对生活在这一方水土之上的人的赞美。人对田园勤于耕种和守护，才有鹭鸟的栖息地。而鹭鸟选择栖息的地方，也是人的安居之所。

离开栖鹭山时，远处的山峰已看不清了。经过村子时，那些花狗又一次冲出来，对着我狂吠。“别叫别叫，下次带火腿肠给你们吃。”我试图讨好它们。花狗们似乎听懂了，停止吠叫，跟在我身后，将我送出村子。

那座山其实不叫栖鹭山。它叫什么山我并不知道，但我愿意叫它“栖鹭山”，第一次来的时候这么叫，以后也会这么叫。但愿这座山能一直保留它的葱郁宁静，为鹭鸟所钟爱，春来秋往，年复一年。

鹭鸶田野

小满第四日清晨，我看到一片正在翻耕的水田里，白鹭、牛背鹭、池鹭携家带口，欢度节日般聚在一起，围着它们的老朋友——和耕牛差不多大小的犁田机——飞起飞落，享用着老朋友从泥土下端上来的美味点心。

近处有条可容一人行走的田埂，我踩着田埂向鹭群所在的水田走去，怕惊动它们，走一段就停下，过会儿再走，慢慢靠近。

此时的鹭群对人类不像往常那样疏远，警觉地保持着安全距离。挽着裤腿的农夫就在它们近旁，鹭鸶安之若素。对鹭鸶来说，农夫和犁田机一样，是值得它们信赖的老朋友。

当我走到水田边，蹲下，鹭群还是有所警觉，有几只飞到远一些的水田里，观望片刻，又飞回来，落在伙伴们中间。从没有这么近距离看过鹭鸶，这让我欢喜又忐忑，担心稍有不慎就惊扰了它们。

太阳出来了，田间弥漫着薄薄的雾气，刚犁开的泥土黝黑又油润，有着让人安心的皱褶，在初升的日头里泛出陶质的光。

鹭鸶真是天生优雅的鸟，即使在一起进食也保持着优雅的风度，没有争抢，也不发出声音，吃饱了就静静地站在一边，梳理起羽毛，做日光浴。

一只纤细幼小的白鹭发现了我，颇为好奇的样子，伸着细长的脖颈，正脸看看我，又侧脸看看我，盯着我看了好一会儿。这大约是第一次跟随亲鸟出来觅食的幼鹭，脸上有着不谙世事的稚气。

被幼鹭盯着看的感觉，与被幼儿盯着看的感觉相同，那是一双还没有沾染尘埃的眼睛，通透清澈。在这样的目光面前，我的内心充满柔软，又有种敬畏，仿佛面对一尊幼小的神。

幼鹭身边站立着两只披挂蓑羽的白鹭，看神态像是幼鹭的家长——刚刚完成哺育使命的亲鸟。蓑羽是成年白鹭的装饰羽，作为美与健康的象征，在繁殖期到来时被它们披在胸前、肩颈和后背；到了冬天，为了节省能量，就收藏起来（美丽是消耗能量的）。中医讲究“冬藏夏放”，大自然的生灵也深谙此道。

饱餐过一顿美食之后，鹭鸶在阳光里亮开双翅，一副心满意足的样子。另几只白鹭开始跳起“抖蓑舞”，

鹭鸶真是天生优雅的鸟，即使在一起进食也保持着优雅的风度

将一身颀长又洁白的蓑羽蓬散开来，有节奏地抖动，顷刻间，一团银白色的光晕将白鹭笼住，名副其实的“自带光芒”。

鸟类都爱惜自己的羽毛，日常最重要的事除了觅食，就是羽毛的清洁与护理。白鹭的“抖蓑舞”就是它的清洁方式，它的蓑羽下长着一种特殊的羽毛，当它抖动时，羽毛的前端会碎成粉末，如同滑石粉，将粘在体羽上的污物清除干净。

那银白色的光晕就是羽毛粉末。这特殊的羽毛，因时常破碎，也会不停生长，使得白鹭能够“出淤泥而不染”。

水田已经犁好，农夫将犁田机开到田埂上，熄了火。有几位农夫提着秧苗走来，经过我身边时问："大清早的，蹲在这里干吗？"

我举了一下手里的相机，指了指田里的白鹭。

"她在拍鸟。"另一位农夫说。

我起身给农夫让路，待他们走过去，再看水田，鹭鸶已经飞走了，也没飞远，在一片隆起的田埂上端立。

在鹭鸶的背后站着农夫。在农夫背后，是他们的村庄和房屋。阳光强烈起来，空气里充盈着泥土和植物的香气，天地宁静，万物沉浸在初夏金绿色的光芒里。

对鹭鸶来说，农夫和犁田机一样，是值得它们信赖的老朋友

月鹭

农历十六日，傍晚时分我又去栖鹭山，想再次邂逅“月鹭”。

五点出门，天上有积云，将尚未落山的夕阳隔在云外。我心里一沉，这样的天气怕是看不到月亮出山了。

“碰碰运气吧，也许过会儿云就会散开。”我对自己说。山里天气变化快，起一阵风就能把云吹散。

行至池塘边，云层果然薄了些，隐约能见到夕阳的影子。快进村时，听到路边窸窸窣窣的声响，走过去一看，有村民在弯腰割芭茅草。初夏是杂草疯长的时节，稍不留神草就蔓延到路上。

见到我，村民停下手里的活，直起身问：“最近看你常来村里，拍什么呢？”

“去那边拍鹭鸶。”我指了指栖鹭山的方向。正好

从月影前飞过的白鹭，清晰到可以看见羽毛

有对白鹭从上空经过，往村子背后飞去。

“走这么远的路来拍鹭鸶？”村民顿了一下，又说，“可要小心点，山路草深，蛇多。”

我点头道了声“谢谢”，继续往前走。两天前来的时候就遇到过一条赤链蛇，它见到我，赶紧扭着身子钻进路边的芭茅丛。

“月鹭”图就是两天前拍到的。当我带着我的老伙计——手里这部用了十余年，也是迄今唯一使用过的单反相机——来到栖鹭山时，并不知道会看见月亮与白鹭同框的画面。

那天是近来少有的晴日，当我走到栖鹭山时，太阳还没落下，天空宝蓝而沉静，晚归的鹭一对一对，将夕阳金色的暖光驮在背上、披在翅膀上，从四面飞过来，靠近它们的大本营时，在空中盘旋一圈，像是在选择一棵合适的树落上去。

也有毫不迟疑的鹭鸶，在由远而近的过程中突然加速，笔直地落向半山腰的树丛，如同花瓣坠落。想必树丛里有等待着它的亲朋。

我的眼睛紧盯着鹭鸶，手里则拿着相机捕捉着它们飞行中的姿态，并没有留意那正从松林升起的月亮。当我停止拍摄，把目光从取景器上移开，投向栖鹭山，这才看见松林上空一轮薄白玄虚如同幻象的月亮。

原来月亮是从栖鹭山升起的。

人类肉眼可见的天空只有一个月亮，但月亮可以从很多个地方升起。每一处月亮升起的地方，都是月之故乡；每一个看见月亮出山的人，心里都住着一轮月亮。

晚归的鹭一对一对，将夕阳金色的暖光驮在背上

落日的余晖还在，天空宝蓝，松林墨黑，仿佛松林里有缸墨汁，溢出一滴，暮色就加重一点。

暮色越重，月色就越明。将镜头移向月亮，对焦——就在此时，飞过来一只晚归的白鹭。

在白鹭飞过月亮的短暂一刻，我摁下快门。

简直就是“神来之鹭”，是大自然偶然向我呈现的惊鸿一瞥。

回到家，把相机里的图片输进电脑，一张张翻看，这才发现，居然拍下了两张“月鹭”图。

第一张“月鹭”图里的月亮刚刚升起，只是一个若有若无的虚影，而披着夕光，从月影前飞过的白鹭，清晰到可以看见羽毛，目光娴静，身姿优雅，犹如月亮的化身。

第二张“月鹭”图不是我拍的，而是不可知不可见又真实存在的自然之神，借我的手摁下快门，留下了这神迹般的一瞬。

接下来的两天都是雨天，即使有更圆满的月亮，也是升起在他乡了。

农历十六这天，当我到达栖鹭山，守到天将黑，还是没有能够如愿地再次邂逅“月鹭”。

我也不觉得遗憾。在没有期待的时候，自然之神已经把那么珍贵的一幕呈现于我，礼物一样送到我面前。而当我有所期待时，自然之神又以她的方式再一次告诉我：美即无常，遇见即是告别。唯有在心里永存一轮明月，方可与明月长相见。

失雏的丝光椋鸟

五月将尽，梅子黄熟，夏天的气息日渐浓郁。

早晨散步回来，遇见一只孤单的雏鸟，站在小区路中间，胆怯又迷茫，像是不小心走失的孩童。

放轻脚步，慢慢走过去，如果附近有它的亲鸟，这时定会飞过来大叫，警示雏鸟赶紧躲开。

再走两步就到雏鸟身边了，周围还是静悄悄没声响，怎么回事，它的亲鸟呢？

停下来，看着雏鸟，小家伙怎么还不飞走？这样多危险，小区里可是有猫狗的，让它们发现就糟糕了。

这是一只还没有学会飞行的雏鸟，覆羽有些潮湿，支棱着，飞羽也没有长全。很可能是在亲鸟外出觅食的时候，雏鸟不小心从巢里掉落，虽没受伤，经这一摔也受了不小的惊吓。

雏鸟背部的羽毛灰黑，胸部和颈项的羽毛略显灰白，因未成年，还看不出是什么鸟。当我再往前走，出于本能，雏鸟以摇摇晃晃的步态，向路边绿化带的矮灌丛走去。这样也好，总比站在路中间发呆好。

小家伙，就在里面躲着吧，等家长来喊你的时候再出来。

我走过去几步，不放心，又回头看一眼，我的天，不知从哪里冒出一只大蜥蜴，“哧溜”一下，顺着雏鸟的路径钻进矮灌丛。看来这只大蜥蜴早就盯上了雏鸟，守在一侧。

雏鸟凶多吉少。没办法，作为目击者我也做不了什么，不能把自己变小，钻进矮灌丛去救那只雏鸟。自然界有自然界的生存法则，人类还是不要出于自己的好恶去干预。

过了一会儿，再次出门，在遇见雏鸟的地方见到一只丝光椋鸟，从树上跳到地面，又从地面飞到树上，嘴里发出单音节的呼唤——“哇、哇、哇”，略显嘶哑的声音里有着明显的不安。

莫非雏鸟是这只丝光椋鸟的后代？

小区常见的鸟邻里，丝光椋鸟算是颜值较高的，头部银白，胸腹银灰，颈项的羽毛有着蚕丝的质地，披散在肩背，墨黑的双翅和尾翼隐有金属光泽。丝光椋鸟很善于驾驭灰、白、黑三色，巧妙搭配，羽色有一种低调的奢华。

丝光椋鸟叫了好一会儿，还是没有得到回应，只得飞开，在稍远一点的地方继续叫着。

丝光椋鸟喜欢把巢筑在树洞里，啄木鸟废弃的树洞是丝光椋鸟营巢之地的首选。居民楼的外墙空调洞也时常会被它们相中。我客厅的外墙空调洞里就有一只鸟巢，每年春天都有鸟雀在里面繁衍，叽叽喳喳，好不热闹，不过听声音不像丝光椋鸟，更像是麻雀的一家子。

灌木丛也是丝光椋鸟的营巢地，也许这只丝光椋鸟的鸟巢就在矮灌丛中，雏鸟钻进去的地方。只是矮灌丛这样低矮，实在不够安全，巢穴一旦被发现，雏鸟很容易就会成为掠食者的目标。

等我再一次从外面回来，已近九点，阳光把树影清晰地印在地上，把低空飞行的鸟影也印在地上。

不用抬头看，就知道那是丝光椋鸟的影子，它仍嘶哑着嗓子“哇、哇、哇”地呼唤。走过去很远，还是能听到它的声音，像是在向每一位路过者问询：“有看见一只小小鸟吗？知道它在哪里吗？”

丝光椋鸟，喜结群，在农田和草地上觅食

布谷鸟的夏日恋曲

五月最后一天的清晨，听到“布谷、布谷”的鸣叫声。

看了一下时间，差十分钟六点。

听到鸣叫声时，我正在阳台上给绿植松土，浇水。阳光好得如同初恋，缄默、羞涩，又有藏不住的热烈，从东边伸出金色手臂，将阳台外微微颤抖着叶子的树木揽在怀里。

“布谷、布谷、布谷、布谷、布谷、布谷”，那富有穿透力的双音节鸣叫声随着阳光升起而出现，仿佛太阳将第一缕光芒化成音符，从村庄、田野的上空洒下来。

你好，布谷鸟，谢谢你如期而至，为人间送来又一个夏天。

从进入小满后我就开始惦记布谷鸟的出现，耳朵里的“鸟鸣感应器”始终处于打开的状态，四处探测，在众多的声响之外捕捉那特殊的音波。

是该布谷鸟出场的时候了，怎么听不到它的动静呢?

“别着急，会听到的，还没有到芒种呢。”心里有个声音轻轻安慰着，去年听到布谷鸟鸣就是芒种前后。

在杜鹃科的鸟里，布谷鸟是个憨性子，出现得最晚，四声杜鹃、噪鹃、鹰鹃早就登台亮相，日里夜里唱着各自的曲调，用歌喉强调着生命的存在感。作为大杜鹃的布谷鸟，偏偏迟迟不肯露脸，仿佛打定主意要和别的鸟错开出场时间，把恋曲留到天地清朗的夏日来吟唱。

一周前，好久没联系的红土发来一条视频，刚点开就听到那独一无二的声调，一只布谷鸟在乡村公路的电线上，向着树林的方向，热烈地唱着它的拿手曲目，唱了几声，又飞起来，落到更近的地方，身体前倾，以一种求爱的姿势接着吟唱双音节的歌曲，尾巴随着节奏上下摆动。

红土说她正在合肥郊区的路上，听到布谷鸟的歌声后赶紧停车，拍了这条视频发给我看。

“我看见布谷鸟了，好开心，开心得想跳舞。”红土说。

当她这样说的时候，我的眼前就出现了一个人与一只鸟对舞的欢快场面。

在大自然里感受到快乐就想唱想跳，我也有过这样的心情啊。歌之咏之舞之蹈之是人的天性，也是鸟的天性。看看那些孩子，高兴起来不就是咿咿呀呀手舞足蹈嘛。只不过人在长成大人、进入社会之后，天然的本性被压抑、

布谷鸟的夏日恋曲

束缚，之后就慢慢丢失了。

一个人只要进入大自然，就能回到“人之初”的单纯，重返自由、快乐的天性。大自然就是有这样的魔力，可以把每个大人身上的包袱卸下、绳索松开，让他们重新变成孩子。

布谷鸟的鸣叫也有一种魔力，可以让人瞬间宁静，面容舒展，内心安稳，连呼吸也变得缓慢、轻柔。

这种魔力就是治愈力。

我并没有告诉红土，我在等待布谷鸟一年一度的出场。而红土，在听到和看到布谷鸟时就录下视频，第一时间发给我，与我分享这快乐。看来好朋友之间确实是有灵犀相通的。

红土那里的布谷鸟已经出场了，我这里的布谷鸟呢？日子一天一天过去，我的等待也变得有些不安，担心布谷鸟会从这片地域消失。这是有可能的，布谷鸟属于乡村田野，是大自然的诗人，而我居住的地方正不可避免地被城镇化的喧嚣侵袭。

一个没有布谷鸟鸣叫的地方，是称不上“家园”的。

在芒种节气到来之前，布谷鸟终于以它的吟唱安抚了我的惦记。尽管看不见那只布谷鸟，但能听到声音，心里也很满足了。我在阳台上站着，把手伸出去，让浓烈起来的阳光在手臂上跳着细碎的舞步，嘴里哼唱起一首刚学会的外国歌曲，名字就叫《布谷鸟》：

还有多少歌没有唱完，告诉我，布谷鸟
我是应该定居于此还是不停迁徙？
做一块无声的石头，还是燃烧的流星？
我的太阳看着我，我的手握成了拳头
如果还有火焰就燃烧吧，就是这样……

挂满屋檐的鸟鸣

进入六月，虫吟渐次登场。

中午和傍晚走在路上，能听到树梢处传来的“知——知——”声，是夏蝉在试音，为接下来的丛林音乐会点燃它的引线。

大清早叫醒耳朵的依然是鸟鸣。凌晨四点，乌鸫在窗下准时开嗓。经过整个春天的演练，此时乌鸫的曲目库已很丰富，切换自如的转腔，行云流水的变调，一口气唱上半个时辰也没有重复的旋律。

把天色叫亮后，乌鸫收嗓，停下来歇一会儿，世界恢复了黎明时分的寂静。睡意如一团白雾袭来，还没等我穿过梦乡的隧道，第二波鸟鸣潮水般升起——远处是斑鸠合唱团，近处是麻雀小乐队，乌鸫当然不会让出场子，再次开嗓，把它那曲调多变而无法模仿的小情歌加入其中。

当布谷鸟洪亮的高音响彻四野，晨间音乐会就进入了高潮。随后，庭院歌手鹊鸲亮相，把有着很多装饰音的花腔在绿枝上绽放开来，瞬间就把乌鸫的小情歌比下去了。

怪不得乌鸫那么早，在别的鸟都还没动静时就开唱，它深谙“唱得好不如唱得早”，抢占了时间的先机，就能抢占独属于它的舞台光芒。

对布谷鸟的鸣唱，英国自然写作者西蒙·巴恩斯有这样一段描写：“布谷鸟的歌声大概是最基本的。兴许创作这歌曲就是方便人类去模仿的，为了最迟钝、最没有乐感的人也能辨识，为了提醒人们去赞美春天和随之而来的夏天。”

确实，布谷鸟的歌唱是简单的，如同心脏的跳动，只是双音节声响的循环重复，但这简单的重复中又有一种镇定的节奏和安静的力量。有诗人把布谷鸟鸣比喻为“大自然的钟声”，当它鸣响的时候，万物生长就顺从了太阳系的规律和秩序。

当布谷鸟的歌声穿云破雾响起在天空中，其他的鸟鸣就成了衬托这歌声的背景。即使最复杂、婉转的鸟鸣，也无法遮掩布谷鸟歌声的魅力。布谷鸟用简单的歌唱征服了所有耳朵，就连伟大的作曲家贝多芬和维瓦尔第也为之动容，忍不住“抄袭”布谷鸟的声音：贝多芬的《田园交响曲》和维瓦尔第的《四季》中就有“布谷”声，

能见着布谷鸟的人是幸运的。即使见不着，能听见布谷鸟的歌声也是幸运的

像太阳金色的雨滴在琴弦滑落，像大地心脏的律动在键盘敲响。

早晨能听到布谷鸟歌唱，预示着将有一个好天气。阴天和下雨天是听不到布谷鸟歌声的。在我小时候，还没有“天气预报”这回事，乡间有经验的农民会以此来预判天气，不慌不忙地安排农事，对他们来说，布谷鸟的歌声就是最准确的天气预报。

布谷鸟也是孤独的，很少有人听到过两只布谷鸟同时鸣叫，不像斑鸠和树莺，一只鸣叫的时候，总有另一只会在或近或远的地方回应。

也不只是布谷鸟，杜鹃科的鸟似乎都有“独居”的特征，单独飞，单独鸣叫。你也很难看见它，即使听见声音，感觉那声音就在头顶却见不着它的真面目，甚至辨不清那声音的来处，仿佛那声音里有个迷魂阵，让你辨不清方向。

能见着布谷鸟的人是幸运的。即使见不着，能听见布谷鸟的歌声也是幸运的。如果一个人不用出门，清早起来，在自己的屋檐下待着，就能听到布谷鸟的歌唱，一会儿在房子东边的天空，一会儿在房子西边的天空，一会儿在房子南边的天空，一会儿在房子北边的天空，就更幸运了。

此刻我就是那个幸运的人，但愿你也是。

鸟在唱歌，叶子在跳舞

阳台外的红叶李果子熟了，暗绿绣眼鸟和白头鹎仿佛接到了邀请，大清早就双双对对地飞过来，从一棵树跳到另一棵树，拜访了所有树枝后，选一枚浆果，躬下身子，那神态像是在说：我开吃了。

吃吧吃吧，都是老朋友了，别客气。

两个月前，暗绿绣眼鸟和白头鹎就是这里的常客，频频光顾开花的红叶李树，吃树皮上细小的虫子。红叶李树真是大方的主人，只管让它们在身上享用美味，一点也不抱怨鸟儿在吃虫子的时候，顺便也吃了几朵花和几片嫩生生的叶子。

今年是红叶李树的小年，花开得少，果子结得也就少。少是少，也够鸟儿吃的。鸟儿吃果子精细得很，飞过来，啄上几口，过会儿再飞过来啄上几口，一颗果子吃两三天还剩大半个挂在树上。

往年红叶李果子结得多，鸟儿也就吃那么几颗，一场雨后，遍地是熟透的果子，成了虫子们的佳肴。虫子吃了也就是鸟儿吃了，因为那些虫子免不了也会成为鸟儿的佳肴。

楼下的空地一直荒着，长了野菊花、一年蓬、几棵桑树苗和一大丛芭茅，也不知道是风吹来的种子，还是做客的鸟儿带来的种子。我没有要求物业把荒地里的草除去，留着它们长在那里就很好，虫子喜欢有草的地方，鸟儿也喜欢有草的地方，尤其是芭茅丛，鸟儿最喜欢在里面筑巢。

六月是芭茅的花期，这两天芭茅丛里伸出一根根紫色花穗，把近处的麻雀引了过来。它们在细长的芭茅秆子上“排排坐”，热闹地聊着天。

一根芭茅秆子上落的麻雀多了，就会弯下来，弯成括弧，麻雀也不飞走，顺着秆子往下滑，嘴里“笳笳笳笳”地叫着，听上去像是在说“好玩好玩”。

静音一个多月的远东山雀又开嗓了，用鸣叫宣告它们的存在。静音的这段时间里，远东山雀在忙着育雏大业，育雏期的鸣禽会安静下来，暂时销声匿迹，这是出于安全的需要，不能让巢穴的位置暴露，成为掠食者的目标。当雏鸟出巢，亲鸟卸下哺育的职责，就可以松口气，放开嗓子唱上几曲：“彼此彼此，天气真好；彼此彼此，早晨真好！”

白头鹎，常见于果园，生性活泼

暗绿绣眼鸟，喜群居，以各类昆虫、植物的果实为食

每一个有阳光的早晨都值得歌唱。即使是下雨天，在雨停下来的那一刻也值得歌唱。

树是不会唱歌的，但它有浆果，浆果引来了鸟儿，鸟儿的歌唱就是树的歌唱。树也不会跳舞，但它有叶子，叶子引来了风，风抱着枝头摇晃就是树在跳舞。

说起树的舞蹈，不知道你有没有见过这样的场景：整片林子的树啊叶子啊都安安静静的，偏有一枚叶子，中了魔似的摇摆不休，没有什么能够让它停下来。

早晨散步时就看见这一幕，那自顾自跳着摇摆舞的是一枚马褂木的树叶，仿佛拥有单独的生命，或者有个灵魂附在这枚叶子上，借助它的形体来舞蹈。

在马褂木叶子摇摆的节奏里，我的脚步也跟着轻盈起来，嘴里哼着远东山雀的歌：“彼此彼此，唱歌的鸟真好；彼此彼此，跳舞的叶子真好。”

鸟儿的霸王餐

芒种日，阳光甚好。

走到十字畈村口，我遇见村里的清洁工："早啊，大姐。""早，又出来拍鸟啦。"清洁工回应我。

每次走到这儿都能遇到她，六十岁上下，戴一顶草帽，衣服外面套着黄马甲，身材微丰，脸上笑眯眯的，一副好脾气的样子。

大姐喜欢花，她推的清洁车前时常插着一两朵，有时叫得出名字，有时叫不出。

今天她的车头插着两朵胖胖的白栀子，一阵微风跑来，把香气送至我的鼻尖。

"栀子花真香。"

"香吧，我家院子里开了好多，你去掐。"大姐指了一下村口的屋子，原来她家就在边上。

“对了，日月广场那边，有人见到一种长尾巴的鸟，好看得很。”

大姐知道我关注这一带的鸟儿，有几次我拍田里的鹭鸶，她就站在旁边静静地看。

大姐说的长尾巴鸟可能是绶带鸟。几天前就有人告诉过我，在日月广场见到了绶带鸟。“是吗，会不会看错了？”我的语气是疑惑的。

绶带鸟怎么会出现在那么热闹的场地？也许是从枫杨林飞过去的，日月广场在枫杨林的对面，中间隔着浦溪河。从河这边飞到对岸，对鸟儿来说可是轻而易举的事。

要么过去看看吧。我和大姐道了别，转身朝枫杨林的方向走去。

立夏后就没有去过枫杨林了。早春和仲春，有一阵子我天天往那边走，在林子里见到过领鸺鹠、星头啄木鸟、戴胜鸟、红胁蓝尾鸲和银喉长尾山雀的大家族，现在已是芒种，不知道它们是否还在那里。

从村口走到枫杨林要经过一大片菜地，上次来的时候，豌豆刚结出嫩荚，几只领雀嘴鹎在豆架上钻进钻出，用喙使劲儿拽着嫩荚，美滋滋地吞食，见我站在它们跟前，也丝毫不露怯意。

另一畦刚播种的菜地里，十几只黑领椋鸟咋咋呼呼地落在上面，小强盗似的，用喙把土拨开，在里面寻找种子，不消片刻，就把整畦菜地翻了个遍。

黑脸噪鹛和珠颈斑鸠也喜欢在菜地找食，一拨一拨地飞过来，吃种子，吃刚发出来的嫩苗。麻雀更是不消说了，这片菜地就是它们免费的“美食一条街”，三三两两结着伴，饿了就进去啄两口，闲了也进去啄两口。

每回见到这场景我就走不动路，拿出相机拍鸟儿们贪婪的吃相，拍完了就看着，也不觉得它们是在做坏事。若是菜地主人这时过来，定会对一旁提着相机的我恼火：这个木头人，看见鸟吃庄稼也不赶一赶。

这个时节的菜地更像是一座花园。辣椒苗上开着花，葫芦的青藤上开着花，西红柿地里开着花，黄瓜架子上开着花，就要翻挖的土豆地里也开着花。菜地主人很懂“菜园美学”，地垄挖得整齐，凹凼分布也均匀。

领雀嘴鹎，在豌豆地大快朵颐

也有刚下种子的菜地，看样子下的是黄豆种，种子撒进凹凼里，薄薄地盖一层土，再撒一把草木灰在上面。黄豆种蛋白质丰富，营养又美味，可对鸟儿胃口了。几天前我就听父亲说起过这事：家里播了几次黄豆种，每次都被鸟儿扒拉出来吞进肚子。

如何对付鸟儿的霸王餐行为呢？传统做法是扎几个稻草人在庄稼地，给稻草人穿上破衣服，手里插一把破扇子或者旧扫帚。起初还管用，能吓唬鸟儿几天，到后来，那稻草人也就只是个摆设，增加一点庄稼地的趣味而已。

这片菜地显然是被鸟儿吃过多次霸王餐，主人恼中生智，不知从哪里搬来几个没有胳膊的半身塑胶模特，摆在菜地。

当我走过去，远远看见菜地里的塑胶模特，脑子里的第一个反应是：这是谁做的装置艺术吧？

那几个塑胶模特可不是随便乱放的，排列有序，面朝一个方向，有两个头上还套了红色塑料袋，在脖子处，将塑料袋口扎紧，有种怪诞、荒谬、无厘头的味道。

哎，都是叫鸟儿给逼的，硬生生把菜地主人逼成了“艺术家”。

在塑胶模特面前的是一长垄玉米地，玉米已高过人头，像一道绿城墙。这个时节的玉米正值吐穗，紫色花须从玉米穗子上披散开来，蜷曲着，丝丝缕缕，可媲美芭比娃娃的披肩发。

这招还真管用，周围一只鸟儿也没有，菜地安安静静，仿佛所有的鸟都去别处度假了。对于这些戴着红头套的塑胶模特，鸟儿显然是陌生的、恐惧的，本能提醒着它们：“这些家伙危险得很，得躲远一点。”

吃惯了霸王餐的鸟儿们也没离远，当我继续往前走，在临近枫杨林的村口再次见到它们，黑领椋鸟、领雀嘴鹎、黑脸噪鹛和珠颈斑鸠，落在人家院子的门前，像是这户人家养的家禽，大模大样，吃树上的果子，吃地上的谷物。或许是主人故意撒给它们吃的，将它们喂饱，就不去祸害庄稼了。

芒种这天早晨没有见到绶带鸟，走到枫杨林没有见到，走到日月广场也没有见到，但我心里并不觉得遗憾。

也没有见到春天见过的那些鸟，我仍然不觉得遗憾。见到和见不到原本就是不可预期的，唯有不可预期，方有意外之美。

梅雨季，育雏的黑卷尾

又是一年梅雨季。

早晚出门，走着走着就有雨点落到脸上，一张湿润又透明的细丝网从天空挂下，将人罩在里面。

到了梅雨季也就到了夏天的观鸟淡季。这时节的鸟儿对于歌唱的事不再那么热衷，就连咋咋呼呼的灰头麦鸡也安静下来，似乎改变了性情，在刚插下秧苗的田埂上站着，气定神闲。

此后长长的夏日里，再听不到灰头麦鸡警报样的叫声，也看不到它绕着你的头顶，一会儿飞远，一会儿又俯冲下来，作势要驱赶你的样子。繁殖期已经过去，雏鸟也已长大，开始了它们的独立生活，没有什么需要提心吊胆去保护的了，灰头麦鸡就放松下来，安心享受这悠闲的光阴。

也有尚在抱窝期、需要时刻提防领地入侵者的鸟，黑卷尾就是。昨天在浦溪河边，我就见到抱窝的黑卷尾驱赶松鸦的场景。那松鸦是一对，蹲在离黑卷尾鸟巢不远的另一棵树上，不知为何，其中一只松鸦发出奇怪的声响，像是模仿松鼠的鸣叫，又像是孩子的咂嘴声。

松鸦的怪声怪气惹得对面抱窝的黑卷尾甚是烦躁，离开巢，飞到松鸦旁边的树枝上，直盯着松鸦，那不客气的神态像是在说：捣蛋鬼快住嘴，离远一点。

松鸦仗着身边有同伙，仍旧发出“呱嗒呱嗒”的咂嘴声，似乎被自己这好玩的声音迷住了，没有办法停下来。

这不明摆着是挑衅嘛。黑卷尾原本就是好斗的脾气，哪受得了这个，但此时不能依着性情扑上去，它的巢还在另一棵树上，里面有它刚出壳或者尚未出壳的幼雏，说不定这是松鸦玩的调虎离山计呢。

正在这对峙之时，又飞过来一只黑卷尾，一看情形就明白发生了什么事，旋风一样冲向松鸦。

那一对松鸦毫无应战之心，起身飞走了。

兴许那对松鸦原本就没有恶意，再说它们待的树和黑卷尾育雏的树还隔着一条路呢，井水不犯河水。但黑卷尾就是这么强势，容不得领地附近有别的鸟出没，尤其是在繁殖期。

也难怪，鸟儿在育雏阶段都有着过分的警惕和戒备，看谁都不顺眼，看谁都是敌人。

见松鸦飞走，黑卷尾平复情绪，回到自己的巢里，

黑卷尾和它的巢

在鸟巢附近守护伴侣的黑卷尾

静静趴下。另一只在附近的树枝上站着，给它的伴侣放着哨。在方才驱逐松鸦的过程中，两只黑卷尾自始至终没有发出声音，仿佛不屑于用声音来造势、壮威。

黑卷尾的巢在一棵大榆树的树颠，是细草茎垒就的，呈碗状。在接下来的一个月里，黑卷尾的巢与幼雏可得经受一番风雨的考验了，好在梅雨季的雨最初都是温和的，下一阵停一阵，不那么暴烈。

梅雨季的雨最暴烈的时候在七月初，会没日没夜地连降三天，把河床灌满，有时还会让猛兽样的洪水爬上岸来，推倒岸边的树。但愿那时，黑卷尾的雏鸟已经长成。

燕子低飞的清晨

出门的时候天色有些暗沉，雨还没有落下来，我在包里放一把伞。梅雨天出门，伞是必不可少的。

过马路，向那条通往十字畈村的小路走去，路边水稻田里绿油油的，一队金腰燕在低空飞着，忽上忽下打着侧身翻。有两只金腰燕以蝴蝶翩跹的姿态落进秧田，扇动翅膀，在秧苗间迅速穿掠，惹得那些秧苗也跟着一阵颤动。

金腰燕是趁着大雨降下之前，来秧田里吃早餐的。金腰燕与家燕的食性相同，那些飞在秧田上空的蚊蝇、蠓虫与蜻蜓就是它们的美味。

过去的许多年里，我以为春天出现在村庄里有着剪形尾翼的鸟都叫燕子。这也难怪，小时候的课本里不就这样写着嘛："春天到了，小燕子跟着妈妈从很远很远

金腰燕，夏候鸟，生活习性与家燕相似

的南方飞回来。”儿歌里也有这一句：“小燕子，穿花衣，年年春天来这里……”

近两年，我把目光投向天空后才发现，原来燕子和燕子也是有区别的，它们的花衣服并非使用同一色调。有的燕子腰腹有一圈栗黄，有的燕子腹部有清晰的纵纹，而有的燕子腹部则是纯白。

那腰腹有一圈栗黄的燕子就是金腰燕，有清晰纵纹的燕子是斑腰燕，腹部纯白的是家燕。

我所居住的皖南山区，能够看到的燕子大约就是这三种了。也许还有别的燕子，比如淡色沙燕、洋斑燕、毛脚燕，只不过我没见到。

这些在秧田享用早餐的金腰燕里，或许就有我的邻居。和麻雀一样，金腰燕会把尚未启用的空调洞当作营巢之所，那么小的洞，要衔泥在里面筑巢可真不是容易的事。

也只能这样将就着了，不能讲究那么多。现在的楼房都是封闭式的门窗，金腰燕没有办法进入人的家里去，就算进去了，也不能像它们的祖辈那样，把巢安在人的居所里，寄居在屋檐之下。

也有不甘心的金腰燕，想要在人的居所里碰碰运气。一个多月前，就有只金腰燕钻进我的阳台，飞进客厅，在客厅里转了三圈，视察一番又飞出去了。估计它很失望吧：唉，这是什么人家，连个屋梁也没有。

在金腰燕飞进来的瞬间，我有一阵欣喜，也有一阵担忧，要知道阳台门窗是玻璃的，若它不小心撞上去可就危险了。

见它毫无障碍地顺利飞出，我松了口气：抱歉，金腰燕，要不你去马路那边的村子里找找吧，村里还有一些老房子，更适合你安家。

不知道那只金腰燕是否飞去了村子，也许它就近找了个空调洞。这样也好，这样我就能坐在自己的阳台上，看它们飞来飞去的身影了。

村里不仅有老房子，还有纵横的电缆线，对燕子来说，电缆线就是它们的茶吧和咖啡座，是可以暂时停下来，歇歇脚、聊聊天的地方。

此刻我就走在十字畈的村子里，与我一同进村的是两只白腹家燕，低低地飞在我的前面，像是在给我领路。

走到村子中间，两只家燕没有再往前飞，而是停下了，落在一边的电缆线上，在那根电缆线对面，落着四五只燕子，挤在一起，嘴里发出稚嫩的鸣叫，看样子是刚出巢不久的雏燕，正乖乖地等着亲鸟飞过来投食呢。

水田欢宴

六月过半，窗台的第二窝斑鸠雏鸟已经长成。

长成的两只斑鸠雏鸟并不急于出巢，每日里在窗子边缘站立，练习脚爪的抓握能力。有时长久听不到它们的动静，也听不到亲鸟飞回来喂食的声音，以为雏鸟已经出巢，我便在阳台踮起脚，隔窗张望，哦，原来小家伙们还在巢里，一站一卧，眼巴巴瞅着窗外。

雏鸟不急于出巢，可能和梅雨季的天气有关。自入梅后几乎每天都有一场雨，哗啦哗啦地下着，在窗子外面挂起一道雨帘。对雏鸟来说，从巢里飞出，穿过那道雨帘，从此开始林间野外的生活，是需要勇气的。

今天早起又是大雨，好在是周末，不用出门，我就在屋子里待着，整理文稿，看几页书，让雨声如同屏障，将自己与周遭的世界隔开。

到午间雨声渐渐稀落，趁着雨停间隙，我拿了相机走出去。

刚出小区就听到鹊鸲啁啾的歌喉，和我一样，它也趁着雨停间隙从角落里飞出，在凉爽下来的空气里，把憋了好久的嗓门打开。

如果要在熟悉的鸟邻里评选一名“金嗓子”，我定会把票投给鹊鸲（此处对乌鸫小兄说声“抱歉”）。鹊鸲的歌声是有光的，当歌声鸣响在头顶上空、屋顶或是浓密的树冠，即使看不见，也能感觉到那是一个明亮的所在，无端就愉悦起来。

走到十字畈村的水稻田边，正寻思着不知能否见着鹭鸶，就有一对白鹭从碧青的禾苗里飞出，向着云湿雾重的山间飞去。

两天没有来田边，禾苗又长高了不少，在里面觅食的池鹭和白鹭若不飞起，简直看不见。梅雨季的雨分明是一种催长素，雨下得越密集，禾苗长得就越疯。

也有已经犁好尚未插秧的水田，田里一道道犁痕犹如新鲜的皱纹。“再过一天就是夏至了，这田怎么还空着？”心里有些疑惑，走近，发现路边有两筐捆扎整齐的秧苗，估计农夫也是等着雨停下来，好把它们布进田间。

“叽呀叽呀、叽呀叽呀……”一群丝光椋鸟叫嚷着从头顶飞过，落进那片水田，接着又有两只灰头麦鸡从头顶飞过，落进那片水田。目光跟随它们的翅膀在水田降落，这才发现，原来此时的水田正在大宴宾客，那一

鸟儿们彼此相安无事，快活地享用水田里丰美的昆虫宴

拨一拨不知通过什么途径接到请柬的鸟儿，正徜徉在水田黝黑的田泥上，保持着安静的进食礼仪，大快朵颐。

水田的宾客里除了丝光椋鸟和灰头麦鸡，还有白鹡鸰、麻雀、珠颈斑鸠、棕背伯劳。这些鸟儿平常也发生过纠纷和打斗，而此刻，当它们拥有一个共同的身份——水田的客人时，显出了客人之间该有的和气，彼此相安无事，快活地享用着水田里丰美的昆虫宴。

这样丰盛的水田虫宴，燕子当然不能缺席，流线型的身体在低空腾挪翻转，长而窄的翅膀划过气流，在空中回旋如同在大海冲浪，令人着迷。

蜻蜓和燕子的飞翔都有一种能让人“浑然忘我”的魔力，长时间盯着看，会觉得天地万物消失了，就连时间本身也消失了，整个世界只有它们飞舞的身姿，自由而灵动。

雨很快又落下，起先是细细的雨丝，没一会儿雨点就大起来，我只得收了相机，离开田边往回走。

梅雨季的雨就是这样，任性又随意。好在水田里的宾客——那些从四处飞过来享用虫宴的鸟儿们，此时也都已大快朵颐，赶在大雨泼下之前，一拨一拨飞离而去。

我也赶在大雨泼下之前跑回了家，一进家门，就听见窗口传来斑鸠亲鸟“咕咕——咕、咕咕——咕”的叫唤声，听起来有些不安，似乎发生了让亲鸟着急的事。

我走到阳台，踮脚探看，窗台的斑鸠巢里只有一只亲鸟，那不安的呼唤正是它发出的。长成的雏鸟不见了——在刚才雨停的间隙里，在我于田边观看鸟儿们的水田欢宴时，两只斑鸠雏鸟已然结着伴，飞出了巢。

“仙鸟”红嘴蓝鹊

出门就听见布谷鸟的叫声，预报这是晴朗的一天。

四声杜鹃也在鸣叫。从暮春到夏至，只要走到河边，就能听见对岸传来的四音节晨曲，好似看不见面容的老朋友隔着河跟你打招呼：“又是新的一天，我们都还在这里，真好，真好。”

在四声杜鹃鸣叫的方向，强脚树莺与竹鸡的鸣声也在起落。盛夏已至，是鸟禽该安静下来休养生息的时候了，而它们各具风格的曲调仍在河流两岸传递，像一种生命热情尚未释放殆尽，仍需要以歌唱抒发，让听见的人也不免觉得珍惜起来。

走到黑卷尾育雏的树下，抬头看见它，黑黑的脑袋和尾巴露在巢外，腹部趴在巢里，一动不动，仿佛入定。

自从十多天前发现了育雏期的黑卷尾和它的巢，每天散步我都会走过来看一眼，有时看见黑卷尾在巢里趴着，有时看见巢里空空的，心里正疑惑发生了什么情况，就见一个黑黑的影子飞过来，正是它。

飞过来的黑卷尾并不马上回巢，而是先在树枝上站定，观察一会儿，确定周围没有别的鸟特别是喜欢偷袭鸟巢的猛禽，这才飞回巢里，安安静静地趴下来。

喜欢偷袭鸟巢的可不止猛禽，昨天我就见到了红嘴蓝鹊偷袭鸟巢的行径。

居所附近常见的林鸟里，红嘴蓝鹊算是颜值最高的。对写作者来说，“最”是不可轻易使用的副词，不过用在红嘴蓝鹊身上倒也不算过分夸大。

我与红嘴蓝鹊也称得上是“旧相识”，有几年差不多日日与它见面，那时我居住在太平湖畔，每个早晨——同现在一样，也是日出时分——出了门，独自在湖边散步。湖边水汽重，雾也大，走着走着，就看见三五只拖拽着颀长尾巴的飞鸟从雾里现身，在马路两边高高的行道树上来回穿梭，从左边飞到右边，从右边飞到左边，轻盈又飘逸。太阳一出，雾就散开了，湖边的景致清晰起来，阳光穿过薄雾，照在飞鸟蓝灰色的翅膀和镶着白边的蓝色尾翼上，逆光看去，有一种梦境里才有的美丽。

那时还不知道这身姿秀颀的飞鸟叫什么名字，也不觉得需要知道它的名字和来历，在心里我认定它为湖边的仙鸟，而它在晨雾中的翩跹起舞就是一种仪式，是对山林与湖水的赞美，也是对日出之光的迎接。

红嘴蓝鹊，栖息于村旁林地，喜结群

在湖边也有过几次与仙鸟近距离的会面。记得有次是春末，我在湖边走得口渴，恰好见到路旁有棵挂满红浆果的山樱树，快步走到树下，伸手采摘，等不及地往嘴里塞，大口吞咽那爆开在舌尖的酸甜汁液。

正吃得起劲，飞来两只“仙鸟”，落在树上，跳来跳去，对着我大声叫嚷，“咤戛戛戛、戛戛咤戛戛戛、咤戛戛戛”，严厉谴责的神情，分明视我为非法入境者，要将我从树下赶走。

近观“仙鸟”，才看清它的喙和脚爪有着如同山樱桃般的红，头颈墨黑，下腹雪白。当它停在树上，你抬头看，能见着蓝色尾羽的“里子”一道黑一道白，黑白相间如同琴键。

知道了“仙鸟”的大名叫红嘴蓝鹊是离开太平湖后的事。我离开湖边后，发现在别处也常常见到它。红嘴蓝鹊不像有些鸟，只在特定的季节里才能看到，它四季都在这里，也不避人，时不时就出现在眼前，有时两三只，有时五六只，拖着那镶着白边的尾翼，飞在林子里，也飞在村庄的边缘。

红嘴蓝鹊是领地意识极强的鸟，尤其在育雏期，会对靠近它巢穴的一切外族，包括人类，毫不客气地驱逐，唯恐巢里的幼雏遭遇掠食者的偷袭。

这也算是红嘴蓝鹊的“以己度人”之心吧，因为它——红嘴蓝鹊——就是鸟巢的偷袭者。

昨天我是在浦溪河边遇见红嘴蓝鹊的，起先见它从一棵树的低处往上蹦，蹦得小心又隐蔽，让树叶遮挡住那很容易露出来的长尾巴，蹦到高处后，停顿片刻，又跳到紧挨着的另一棵树上，钻进树冠中间。这时我完全看不到它，也听不到声响，只隐约看见树叶轻微晃动，过了片刻，红嘴蓝鹊钻出来，顺着原来的路径，回到旁边那棵树的枝丫，左右看了一番，将爪子里的捕获物——一只刚出壳的雏鸟按压在树枝上，低头啄食起来。

这只红嘴蓝鹊可谓胆大到旁若无人，对我的存在毫不在意，当我打开相机，对准它，它也没有要放弃捕获物飞走的意思。

红嘴蓝鹊以实际行动毁灭了自己“仙鸟”的形象。不过这似乎又怪不得红嘴蓝鹊，无论我怎么看它，当它是仙鸟也好，当它是凡鸟也好，都与它无关。它只是它自己，是顺应天性在大自然里生存的飞禽，有时候它是掠食者，有时候也会成为掠食者的猎物。

安静时节

六月将尽，鸟儿在清晨的歌会已然落幕，唯有一只鹊鸲在窗外履行着叫醒服务，叫了几声，停下来，然后是很长时间的寂静。

白天的鸟鸣也变得稀疏，有一声没一声的，如不留意，很容易就被忽略。

也有一种鸟鸣始终在那里，但那不是曲调婉转的歌唱，而是麻雀单音节的叫声，“叽、叽”“笳、笳”，如同小小的弹珠，在低处的草坪和树荫里跳荡、滚动。

阳光灼人的正午，走在路上，缭绕耳畔的是夏蝉在树上的嘶鸣，眼睛往树上寻找，没有见到夏蝉，只见到乌鸫和椋鸟站在树枝上，像狗一样大张着嘴。

一路往前走，看见的鸟儿们个个张着嘴，那神情像是在说：“热啊，热啊。”鸟儿没有汗腺，在高温潮湿的夏季，张嘴呼吸能较好地散热。

暑天大热的时候，鸟儿也会来个凉水浴给身体降温，在河边找个浅水区泡一泡，低头喝上几口，张开翅膀在里面扑腾几下，让水流带走身体的热度。

前一阵看的纪录片里就有鸟儿洗浴的场面，名字叫《人生果实》。主人公是一对老年夫妇，每日在自己的院子里劳作，种植瓜果蔬菜，过着顺应自然节奏的生活。在他们的院子里有一只陶盆，是专为鸟儿准备的洗澡盆子，老人家会定期为陶盆换水，而鸟儿也会在换过水后成对地飞过来，把头伸进去饮水，跳进去沐浴，快活地扑棱，直扑得水花四溅。老人满足地看着这幕场景，仿佛那对鸟儿是他们幼小而顽皮的孩子。

鸟儿的洗浴不只是为了凉快，也是一种嬉戏，就像村里的孩童们，在河里捉鱼捉虾、扎猛子、玩跳水、打水仗，整个暑假都在河里泡着。

在夏天之外的季节，鸟儿偶尔也会来一次水花四溅的洗浴，这是出于对羽毛清洁护理的需要。“要爱惜自己的羽毛啊。”估计所有鸟儿在成长的过程中，亲鸟都以身体力行的方式告诉过它们羽毛对于鸟儿的重要性：要时不时地梳理羽毛；要勤于给羽毛除虫、保持羽毛的卫生洁净；要记得时常给羽毛涂上油脂保护层，鸟儿的尾脂腺能够分泌出供它们使用的油脂，就像“羊毛出在羊身上”，是可以自给自足的美容护理用品。

完成一年一度的繁衍大业后，很多鸟儿会进入换羽期。这时节走在户外，时常能在地上见到落羽，有灰黑色的，也有黑白相间的，我认不出那究竟是什么鸟儿落下的羽毛，遇到喜欢的就捡起来，带回家做书签。

以昆虫为食的鸟儿，需要六周时间才能度过它们的换羽期，而以种子为食的鸟儿换羽期更长。“处于换羽期的鸟都十分虚弱，对它们来说安分一些才是明智的，它们会静静地等待下一季的盛会，也就是秋天的到来。”英国作家西蒙·巴恩斯在他的野生动物专栏里这样写道。

西蒙·巴恩斯称盛夏的这个时期为鸟儿的安静时节。鸟儿休养生息的这段时间，也是人们在酷暑中挣扎的时候，整日汗淋淋，四肢无力，神思倦怠。这并不影响我对夏天的喜爱，虽说不能像春天那样可以随时走出去观鸟、听鸟鸣，但那宽阔无垠的蝉鸣也是值得聆听的。从清晨到正午，再到黄昏，无论是在家里坐着，还是在野外行走，这样的蝉鸣都包围着我，森林一样幽深，河流一样绵延不息。

鸟儿落下的羽毛

像麻雀一样活着

1

午间暴雨突至，来不及躲藏的鸟儿在雨里疾飞，有只麻雀树叶一样飘落到厨房窗檐下，背对着我，朝着外面“笳、笳、笳、笳”地叫。在雨天昏暗的背景里，麻雀的叫声听上去有种孤单，大概是惦记它的同伴吧：“这么大的雨，你在哪儿？赶紧找个地方躲一躲啊。”

暴雨下了半个时辰，等雨小一些，麻雀就飞走了，可也没飞多远，叫声仍然能够听到，和同伴的叫声在一起，隔着雨，听起来湿漉漉的。

麻雀和鸽子、斑鸠一样，是与人类共居的鸟，人在哪里安家落户，它们也跟着在那儿安营扎寨，家禽般自由地出入院落。

麻雀，小型鸣禽，与人类共居的鸟

小时候，还不曾见识别的鸟时，我就认识麻雀了，知道它们有着土地一样的颜色，也知道它们把巢筑在大门上方——屋椽和瓦缝中间的空隙。这个秘密是家里养的大黄猫最先发现的，然后才是我。

春天，四五月里，大黄猫总是悄咪咪地蹿到阁楼上，在离屋椽很近的地方匍匐，耳朵竖立，神秘又专注，窃听着瓦缝里传出的声音——“叽叽、叽、叽叽、叽”。这稚嫩的声音像鱼饵一样，钓住了大黄猫，也钓住了我的好奇心。

最先把爪子伸进瓦缝的是大黄猫还是我？或许是我吧。过去了很多年，我仍记得那只麻雀雏鸟的模样，它趴在我手心里，还不能站立，眼皮也没有打开，脖子软塌塌的，嘴阔扁，薄而透明的皮肤微打着皱，腹部一起一伏，宣告它是有生命的活体。

没想到雏鸟这么小，又这么丑，不过我还是很喜欢它，又担心会不小心把它捏死，心想：“还是放回去吧，等长大一点再来看。”

原以为掏麻雀窝的事神不知鬼不觉，但隔天，那只麻雀雏鸟连同它的小伙伴，还有一只垫着羽毛的草窝，整个儿掉到了大门口的泥地上。

“作孽啊，这是谁干的？”奶奶厉声问。

“肯定是大黄猫。”我心想，拿眼睛去找大黄猫，它早不见了。大黄猫聪明着呢，一听奶奶的语气不对头，就溜之大吉。

2

奶奶并不很喜欢麻雀，因为麻雀“鬼精鬼精的”，总是趁人不留神就偷吃晒在门口的谷物和干菜，还会偷吃腊肉，也不怕被咸死。要知道那腊肉可是家里最金贵的东西，只有来了客人，或请工匠师傅上门来干活的时候，才舍得拿刀割一块。麻雀却不管，专拣腊肉富有油脂的地方，啄得一个坑又一个坑。

鸡棚和猪栏简直成了麻雀的公共食堂，它们结着伙儿地进出。鸡和猪都是厚道的家伙，对于来“分一杯羹”的麻雀视若无睹，任它们在眼皮跟前蹦跳。

有大胆的麻雀还会蹦进厨房，在地上、桌子上、灶台上找食，见人进了厨房，就“呼啦”一下飞走。它们也知道这是不该来的地方，会惹主人讨厌，但它们还是会来，瞅着空子来，伸着小小的脑袋，东张西望，“鬼精鬼精的”。

说到麻雀偷吃的行径，就不能不说它偷吃豆腐的事。

我居住的小区门口有家杂货铺子，卖日用百货，也卖水果蔬菜。店主有个习惯，总是把老豆腐搁在店门口，一半在店里，一半在店外。

这时麻雀一蹦一蹦过来了，不知它们是闻着豆腐味过来的，还是对这里的情形早就摸了底，到了时候就踩着点过来。

麻雀左右看看，见没人在意它，飞起来，落到豆腐

麻雀的羽毛被露水打湿，需要好好梳理一番，
在太阳光里晾一晾

板上啄食起豆腐，有人靠近，从门口经过，它就飞开，也不离远，待人走了就又飞过来。

麻雀啄食豆腐的模样可欢实了，是小孩子吃到冰激凌的那种欢实，边吃边吧唧着嘴：“味道真棒，太好吃了。”

店主终于发现了它们，走过来，拍着手掌驱赶：“又来了，鬼精鬼精的东西，天天来偷吃豆腐，赶也赶不走。”

“鬼精鬼精的”是本地方言，用贬义词翻译就是“狡猾”，用褒义词翻译就是“机灵”。

3

虽说和麻雀做了半辈子邻居，但知道它们有洗沙浴的癖好还是最近的事。

入夏后，几番在太阳下见到这样的场景：麻雀和它的伙伴匍匐在路边的沙堆里，羽翼松开，双爪在沙堆里使尽刨，使尽刨，刨出一个坑，把腹部埋进去，翅膀不停扑打，搅得沙尘飞扬，看起来像是在沙坑里打滚。

一只麻雀从沙坑里飞起来，就有另一只麻雀飞过去，如法炮制，把腹部搁进沙坑，翅膀平铺，撒着欢儿地扑腾。

起初以为那是麻雀玩的一种游戏。麻雀生性活泼，聚在一起的时候会有各种名堂，会聊天，会斗架，像一群精力充沛的孩童，少有安静待着的时候。

几天后，再见这样的情形，我心里闪过一个念：或许它们是在洗浴吧，那沙坑看起来太像浴盆了。

手边的几本鸟类书籍里，没有关于麻雀洗沙浴的记录，我便上网查证，果真找到了。有洗沙浴癖好的鸟儿不止麻雀，还有百灵鸟和云雀，它们有一个共同的特征，都是地栖鸟类。

洗沙浴会帮助麻雀驱除体外寄生虫，那些附着在皮肤和羽毛上，让它们不胜其烦的小坏蛋会在与沙土的摩擦中掉落下来。

洗完沙浴的麻雀会飞到树枝或电线上，蓬松开全身的羽毛，抖啊抖啊抖，嘴伸到翅膀下面，东啄啄，西啄啄，把羽毛理顺。关系亲密的，还会互相梳理羽毛，边梳理边发出亲昵的叫声，像是在说："来，靠近一点，我来帮你，我来帮你。"

4

一天中的多数时间里，只要留意，就能听到麻雀的鸣叫。有时一只；有时两只；有时房前一只，房后一只。叫声时急时缓，短促的单音节，像没有关紧的水龙头，"嘀、嘀、嘀"，持续不断地把水珠子滴落下来。

即使麻雀不停地叫，从早叫到晚，也叨扰不到人。人们甚至听不到它们的声音。人们的耳朵，对于背景一样存在的声音经常是听不到的，更何况麻雀那水珠子一样的声音，还没来得及滴落，就被空气吸收了。

只有作家苇岸，以及那些像苇岸一样，有着安静的心、

麻雀是鸟类中的平民

对大地上平凡又微小的事物格外关注的人——他们是能够听见的，不仅能听见麻雀的叫声，还能分辨出不同时间里麻雀叫声的区别。苇岸在《大地上的事情》里写道："麻雀在日出前和日出后的叫声不同，日出前他们发出'鸟、鸟、鸟'的声音，日出后便改成'喳、喳、喳'的声音，我不知他们的叫法和太阳有什么关系。"

想必苇岸的耳朵里有一只隐形捕音器，这捕音器的天线朝向大自然——来自自然界的声音，无论天空还是地下，无论多小都能够被捕捉到。丰富的寂静之声，妙不可言。

在苇岸的散文集《大地上的事情》里，我还读到了这样一段话："国有国鸟，如果每个人都有一只鸟的话，即便是一千次，我也会选择麻雀。麻雀是我的灵魂之鸟。"

一个把麻雀奉为灵魂化身的人，是把自己放在泥土一样朴实又谦逊的位置了。在他眼里，越是平凡的生命越是可贵，越是普通的事物越值得细细打量。

《大地上的事情》是苇岸生前唯一出版的作品，书里多处写到麻雀，随手翻开一页，就能读到与麻雀有关的句子：

麻雀的鸣叫使我还意识到，同样存在着另一个世界，存在着另一种生活，它们有时飞到阳台上来晒太阳，这时我就会放弃手中的事情，注视它们。

我把麻雀看作鸟类中的平民，它们是鸟在世上的第一体现者。它们的淳朴和生气散布在整个大地，它们是人类卑微的邻居。

这些句子是苇岸在不同年龄段写的，中间相隔很多年。当青年时期的苇岸走向他的中年，关注的仍然是麻雀这样身边寻常可见的小生灵。他愿意为麻雀停下脚步，凝神屏息，观察它们，用笔去书写它们在泥土上的“平民”生活。在苇岸眼里，麻雀不只是麻雀，而是更多没有姓名、不为人所知、在大地上所有角落里辛苦生存，并使大地充满活力的平凡生命。

苇岸如果不是那么早离世，很可能会写一部关于麻雀的书。

5

书房墙角就有个麻雀窝。

装修房子时，师傅特意在墙角钻了个洞，拳头样大小，为安装空调预留下通风口，没想到麻雀窝就筑在通风口里。

对这个房子来说，麻雀是比我更早的居民。在我搬进来之前，它们就捷足先登，占领了通风口，衔来枯草、苔藓、羽毛，填塞进去。

怀着被春天激发的繁衍欲望，麻雀两口子不停地往洞里填塞巢材，而我在书房里看到的情形，是时不时就有枯草和苔藓从洞口掉下来，落在墙角的书架上。

得想个办法，把书房里边的洞口封起，不然，说不定哪天新出生的雏鸟就会滚落下来。

想到这种悲剧的可能性，我仿佛又看到了小时候见过的场面——光秃秃的雏鸟连同它们的巢穴，整个儿掉落在大门口的样子。

用什么封这洞口呢？对了，抽屉里有一卷透明胶带，可以用上。透明胶带如同一扇门，有了这扇门，我和麻雀就相安无事了。

只是这扇门太薄，并不能阻挡麻雀一家子“叽叽喳喳”的声音。每年春天，直到夏初，那声音像开了锅的沸水，要把锅盖掀翻一样。

整个繁殖期，书房里没有安静的时候，麻雀的叫声从天亮响起，天黑透了才停歇。也难怪，麻雀太多产了，一次能孵六七只雏鸟。这么多雏鸟挤在那么小的墙洞里，每一只都想往外钻，争取进食的优先权，让亲鸟一回来就能喂上，自是没个消停的时候。

麻雀的孵化期有 12 天，出壳后，需要亲鸟喂养半个月才能出巢。雏鸟出了巢就不再回到墙洞，这也是所有

麻雀因其个体微小和群体的庞大，构成鸟类世界的基础

雏鸟的共性，一旦出巢就不再飞回。

出巢的麻雀雏鸟仍需要亲鸟喂养，跟在亲鸟后面，亦步亦趋，发出稚嫩的乞食声，撒娇似的拍着翅膀，那模样，和小孩儿张开双手，以娇憨的声音求大人抱抱没有两样。

一窝雏鸟全部出巢后，隔不了多久，麻雀又开始了第二窝后代的生育。直到七月盛夏，墙洞里的麻雀窝才算安静下来，静悄悄的，没有一点声音。这也意味着，麻雀两口子在这一年的繁殖使命已经完成，可以自由闲逛，享受一段无所事事的时光了。

到了下雪的冬天，麻雀又会想起墙洞里还有一个老巢，可以让它们躲避寒冷这头猛兽的侵袭。麻雀钻进墙洞，挤在一起，把小小的身体缩在羽毛和枯草堆里。当我走进书房，偶尔会听到它们微弱的叫声，一只仿佛在说："好饿啊，好饿啊。"而另一只就会给以安抚："忍一忍，风已经小了，雪就要停了，很快就是春天了。"

6

每次出门，在楼道口总会遇见两只麻雀。当我看它们的时候，它们也抬起脑袋看看我。一只蹦几步，另一只紧跟着蹦几步；一只飞到树枝上，另一只随后飞过去。

很明显，这两只麻雀是一对。

它们是住在我书房墙洞里的两口子吗？在门口遇见，

我心里就会生出这样的疑问。

一定是的。我开启自问自答模式，对自己说：一定是的。

这两只麻雀看我也是一副老相识的样子，不躲避，不慌张，从容淡定，就差跟我打招呼说“你好”了。

两只麻雀在一起也时常会聊天，你一句我一句，煞有介事，有时还会凑到对方耳朵边上聊，像是讲什么不方便让别人听到的话。

这两只麻雀也时常会飞到我窗口，下雨天飞过来避雨，大热天飞过来乘凉，还会发出“嘈、嘈、嘈”的声音，像是在啄食着什么，啄了几下后，又把喙在窗栏上来回摩擦，如同吃完大餐的人用餐巾擦嘴。

可那窗口哪有什么大餐？

苇岸在《大地上的事情》里也写到这种场景：“它们将短硬的喙像北方农妇在缸沿磨刀那样，在枝上反复擦拭。”

不止麻雀，鸟儿似乎都喜欢摩擦喙，得闲就在树枝上擦、在石头上擦，左一下，右一下。

起初以为这不过是鸟儿的小动作，就像它们抻翅膀、摇尾巴一样，是为了吸引异性的注意，故意搔首弄姿地显摆：“看，我的嘴多美，多亮。”

没错，鸟儿摩擦喙，确实是为了喙的美观，为了保持喙的洁净与光滑，但这“美容小妙招”并非是臭美的小显摆，而是关乎鸟儿性命的事。对于鸟儿来说，喙也

在麻雀的眼睛里，人类是值得信赖的邻居

起着武器的作用，得时常保持它的锋利、尖锐，才能在关键时候发挥作用，捕捉到食物，抵抗住对手。

鸟儿梳理羽毛前也会摩擦喙，这时，喙的作用就是梳子，先把梳子弄干净了，梳理起羽毛来才更利索。

鸟儿会替自己梳理羽毛，也会替伴侣梳理羽毛，这是它们向对方示爱的方式。我窗口的两只麻雀就时常替对方梳理羽毛，看它们那么亲密的样子，会觉得，动物们的情商可一点也不比人类低，甚至比人类更懂得享受情感生活，懂得表达。

7

记得是四月，有天我在阳台坐着，见一只麻雀飞过来，落在阳台外的晒衣架上，嘴里衔着羽毛。

它看了我一眼，急匆匆飞走。片刻，又飞来一只麻雀，经过阳台，嘴里还是衔着羽毛，也不知它是不是之前那只麻雀。

总之，那天从我眼前飞过的麻雀，嘴里大多衔着羽毛。

麻雀是从哪里找到羽毛的？作为筑巢材料，羽毛既高级又稀有，尤其这个季节，还没到鸟儿的换羽期，在地上捡羽毛可不比捡钱容易。莫非麻雀发现了一只废弃的羽绒枕头，从枕头里获得了需要的巢材？

过了一天，谜底揭开——哪有什么废弃的羽绒枕头，麻雀嘴里衔的羽毛，是生生从斑鸠背上拔来的。

如果不是亲眼见到这一幕，很难相信小小的麻雀有这么大胆子，要知道斑鸠的体格可是重量级，是麻雀的好几倍。

被麻雀盯上并拔毛的，是在我卧室窗口抱窝的珠颈斑鸠。珠颈斑鸠全部心思都在孵蛋这件事上，没有留意静悄悄靠近的麻雀。麻雀跳起，落在斑鸠背上，不等珠颈斑鸠反应过来，麻雀嘴里已衔住一根廓羽，“嗖”地飞走。

珠颈斑鸠只是叫了一声，没有起身反抗，反而把身子趴得更低——相比失去羽毛，珠颈斑鸠更担心失去它的蛋。

麻雀这个小强盗，居然跟自己的老邻居来这一招。也是看着珠颈斑鸠老实厚道好欺负吧，换作暴脾气的黑卷尾或者红嘴蓝鹊，麻雀定是不敢上前骚扰的。

麻雀不仅敢从珠颈斑鸠身上拔毛，还会驱赶活动区域内的异族鸟类，抢夺它们的巢，甚至会将它们已经出壳的幼雏灭口。

这样几乎可以上“鸟界热搜”或“鸟界头条”的事件我并未目击，而是从美国作家珍妮弗·阿克曼所著《鸟类的天赋》里读到的。阿克曼说“在我成长期间，麻雀一直被视为‘坏鸟’，不仅惹人讨厌，生性好斗，多管闲事，而且会骚扰那些‘好鸟’，把它们赶走，简直像是恶棍一般。”

我读到麻雀这近乎“黑社会”的手段，才明白书房窗口那个乌鸫巢为什么连续两年育雏失败，成为空巢。

而我也亲眼见到过几只麻雀飞到乌鸫筑巢的地方，喧嚷一阵子又飞走，以为它们不过是出于好奇造访邻居，就像村里人去隔壁人家串串门、聊聊天，并无恶意。

但那之后，乌鸫就没有回到自己的巢里。乌鸫弃巢了。

把麻雀看作“灵魂之鸟”的苇岸，想必不知道麻雀还有这一面。也许苇岸知道，但他以“与万物荣辱与共”的赤子之心，包容、宽宥了麻雀的“恶”。

无论鸟的天性还是人的天性，善与恶都是并存的。这世上没有绝对的善，也没有绝对的恶，善与恶不过是相对而言。

当我们了解和宽宥了麻雀天性里的“恶”，也就是了解和宽宥了万物——包括我们人类天性里的“恶”。只有了解之后，才能认识自身的漏洞所在，避免“恶”的放纵。

麻雀因其个休的微小和群体的庞大，构成了鸟类世界的基础。而一对麻雀在一年中生育的后代，也避免不了成为猛禽的猎物的厄运。麻雀只有想尽办法，用尽力气更多地繁衍，才能在鸟国的底层社会得以生存，并使更多的鸟类得以延续生命。

8

七月盛暑，清晨六点出门，刚走到村口，太阳金色的光就从身后追过来，把我的影子拉得细长，拓印在面前铺展的稻禾之上。

此时的稻禾已经抽穗，空气中浮动着穗花的香气。豆娘在稻禾的绿森林里缓缓低飞。蜻蜓抱着禾叶，翅膀上沾着露水珠子，纹丝不动，仿佛还没有从梦境中苏醒。

沿着田间的路往前走，见一群麻雀蹲在路边，阳光移过去，将它们的羽翼染成金黄，也给予它们如同新生的活力。

这个时节的麻雀已结束了育雏过程，领着后代加入它们惯常的群体生活，十几只或几十只，飞的时候一起飞，落的时候一起落。

群体生活能给相对弱小的动物安全感。当一只麻雀觉察掠食者的靠近，就会发出警报，迅速飞离，其他麻雀随即跟着逃离危险之地。群体生活也能让麻雀更快找到食物，一只麻雀发现食物源，衔着食物飞回群体报信，同伴们会立马朝食物源的方向飞去。

路边的麻雀聚集一处，就是发现了食物源，那是些撒落在地面的碎米粒样的草籽，像是盛夏特意为麻雀准备的餐点。麻雀也毫不客气，一个劲儿地啄食，享受季节赠予的美味。有几只性情顽皮的麻雀不满足于在地面啄食草籽，跳起来，去够那长在路边的稗草，有两只还将身子挂在草茎上，荡秋千一样摇来晃去。

路的另一侧，一只长嘴巴的鹬鸟从草窠里钻出，站在路牙子上，有些呆萌，不知道下一步该做什么。看样子，

性情顽皮的麻雀不满足于在地面啄食草籽，跳起来，去够那长在路边的稗草

生性好奇的麻雀瞅见鹬鸟，蹦过去，慢慢靠近

这是一只还未成年的鹬鸟，没见过什么世面。

一只麻雀瞅见了鹬鸟，蹦过去，慢慢地靠近，像是要弄清这长嘴巴家伙的来历。又有两只麻雀跟着蹦过去，很好奇的样子，它们大概也从没见过鹬鸟。

鹬鸟对靠近的麻雀没什么反应，呆若“木鸡”。麻雀更好奇了：怎么回事？怎么一动不动？

麻雀之间开始了交谈和猜测，离鹬鸟很近的麻雀回过头，像是跟伙伴说：“这家伙个头可不小，不知道有没有危险。”另一只谨慎地和鹬鸟保持距离，警告伙伴：“别靠太近，看它那么长的嘴巴，小心啄到你。”

它们的交谈又吸引过来几只麻雀，大胆地向鹬鸟蹦过去。这回鹬鸟不再保持镇定，后退了一步。麻雀们不肯罢休，仍旧往前蹦，鹬鸟感受到威胁，转过身，向草窠里钻去。

麻雀你看看我，我看看你，又一齐站到路牙子上，探头向草窠里张望。它们倒是没有跟着蹦进草窠——说不定里面有陷阱，再怎么好奇也要有个限度，不能冒险。

吃饱了草籽的麻雀从地面飞起来，飞到电线上，一字排开，进入整理羽毛的环节。清晨露水重，麻雀的羽毛也被露水打湿，需要好好梳理一番，在太阳光里晾一晾。

麻雀做什么都会相互影响，一只有什么举动，边上的伙伴就跟着模仿起来，当十几只麻雀全在那里抖着羽毛，将脑袋扭来扭去，一会儿伸到圆滚滚的腹部，一会儿伸到翅膀底下，看起来就像是在做团体健身操，有一种仿佛被训练过的默契。

群体生活的特征之一就是提供彼此学习的机会，而模仿就是学习的方式，动物如此，人类也如此。人类之所以聚族而居，除了安全的需要，也有相互学习、传递经验的需要。

不同物种生活在一起，比邻而居，也会相互学习。比如麻雀，会学习人类对环境的适应能力，甚至能跟随人类的脚步进入城市生活。而人类呢，也需要向麻雀学习，即使卑微，也要保持快乐的能力，不丧失对生命的好奇与热情。

“像麻雀一样活着，在这热烈又荒芜的人世。”当我在这个清晨用相机拍摄下麻雀在地面啄食、在草茎上荡秋千、在电线上梳理羽毛，还有彼此亲密地以喙相触的瞬间，心里冒出这句话。

像麻雀一样活着，也像野草一样活着，平凡而坚韧，并使大地充满生机。

母亲的燕子

1

起先，我并不知道它们是燕子。

当我走在浦溪河边，远远看见电线上密集的小黑点时，以为是麻雀或椋鸟的族群。

麻雀和椋鸟在秋天会聚集成庞大的群落，当它们出现在田野之上，似空中突然撒开一张大网，天穹为之倾斜，仰头看的人也禁不住一阵晕眩。

网没有落下，而是变换形状，变成云团，又变成飞毯，驮着身披隐身衣的魔法师掠过低空，向河流那边迅疾而去，转眼不见了。

鸟群落在电线上就变成五线谱上的音符。不，这个比喻太庸常，也不够贴切。五线谱上的音符哪有这么密集。

金腰燕，把迁徙途中的疲惫卸进河流里

2

算起来有一个多月没有在浦溪河晨走。

八月末尾，住在乡下老家的母亲摔了一跤，膝盖下缝了三针，脚踝骨折。

我把母亲接到城里同住，好照顾她的饮食起居。原本习惯了独居生活的我一时手忙脚乱，要知道这些年我几乎不动火，厨房里的炊具用得最频繁的就是高压电饭煲，所有食材一股脑地放进去，加水蒸煮，省时省力，又保持了食物的营养成分。

一个人生活饮食可以如此简单，两个人就行不通了。现在母亲来了，一日三餐都得下功夫烹煮，母亲又是“三高”患者，饮食有很多禁忌，这就增加了厨房工作的程序和难度。好在母亲还算配合，不合口味也照样吃着，偶尔还会发出“味道不错”的赞美。这无疑激发了我对烹饪隐藏的热情，我从网上采购各种食材，把冰箱塞满。

尽管医生嘱咐母亲要多卧床休息，一周后，我还是把母亲扶下床。整天在床上躺着太无聊了，好好的人也会躺出病来。我把母亲扶到门口走廊，让她在室外坐着。这里能看到近处树木、高处天空，耳朵能听到空中鸟鸣和翻动树叶的风声。

母亲在门口坐着时我就在厨房挥舞锅铲，把做好的饭菜端上桌，再去门口，看见母亲仰着脸，安静又专注。

“看什么呢？”我问。

“燕子，你看，有好多燕子。”母亲的声音里有种喜悦，像是接到了意外的礼物。

抬头看，十几只金腰燕在楼宇间的低空飞着，嘴里抛出一声声鸣叫，如同对夏末时光的留恋与赞美。

“你说奇怪不奇怪，那些燕子也不飞到别处去，只在我头顶飞。”母亲吃饭时又忍不住地说。

“告诉你啊，两个月前我救了一只小燕子。”母亲停下筷子，摆出要讲故事的架势，“那天晚上我正准备睡觉，听到堂前有动静，我开了房门，拉亮灯，见地上有个东西，黑乎乎的，还在动，你猜是什么？”

“是什么？”

“是一只还没出窝的小燕子，不晓得怎么回事，从窝里掉出来了。”

“那么高，掉下来还不摔个半死。”我家堂前的屋梁下有个燕子窝，好多年了。

“我走过去一看，小燕子趴在地上，也看着我，眼巴巴的，像是要我救救它。”母亲吞下一口饭继续说，“我这老腰哪蹲得下去？就算我蹲下去把它捡起来也没办法，屋梁那么高，哪够得着？想想还是去你爸的房间，把你爸叫醒。”

故事的结局是，父亲从床上爬起来，用高脚凳垫脚，把小燕子送回窝里。

“小燕子没摔伤吗？”

“没摔伤，过了两天就飞出窝了。”

燕子集结成群，准备迁徙

母亲说后来村里的燕子就总喜欢聚在我家屋前：“只要我在门口坐着，燕子就一起飞过来。”

母亲住在城里的那段日子，坐在门口看燕子成了她最大的乐趣。母亲也喜欢跟我念叨老家的那些燕子：“每年都是这样，清明前后，燕子就飞回村里，我数过，有二十来只。”

母亲对村里燕子的数目十分肯定，这源自她长期的观察：“燕子一年会孵两窝，每窝两只小燕子，如果孵出来好几只，老燕子就把多的衔出去扔掉。”

这哪是观察，分明就是侦察，母亲居然把燕子家族不可告人的秘密给摸了底。

“这是弃婴啊，为什么要扔，燕子窝太小了吗？”

“捉不到那么多虫子喂小燕子，”母亲说，“两只老燕子养两只小燕子刚刚好，小燕子太多就顾不过来了，会把老燕子累死。”

“小燕子刚长大，老燕子就赶它们出窝，小燕子在堂前飞两圈，不肯出大门，老想着往回飞，老燕子就堵在窝门口，不让它们进去，还用翅膀打小燕子。”母亲说得煞有介事，她已经忘了前年跟我说的“燕子故事”，那是另一个版本。

前年母亲还跟我说，是小燕子长大后把老燕子赶出了窝，老燕子想回窝，小燕子就在门口堵着，用翅膀扑打老燕子，老燕子没有办法，只好在邻居家的走廊里重新垒窝。